早瀬黒絵
Illust. 汐谷しの
ミスリル令嬢と
笑わない
魔法使い②

「夢じゃないですよね？」
ミスタリア＝リルファーデ
愛称：ミスリル
魔法士団・紫水のお掃除メイド
アルフリードと
恋人になったばかり

「ええ、夢ではありません」
アルフリード＝リュディガー
魔法士団・紫水の副士団長
ミスリルを溺愛する
『氷の貴公子』

「私が婚約者でも良いのですか……？」

「アルフリード様がいいです。
呪いも全部、愛します！」

Contents

ミスリル令嬢と笑わない魔法使い

2

早瀬黒絵

Illust. 汐谷しの

第一章　恋人の二人

馬車に揺られながら、少し前のことを思い出す。

わたし、ミスタリア＝リルファーデは前世の記憶を持っている。

そのせいか昔から貴族の令嬢らしくない考え方や行動をして、周囲からは変わり者に見られていたと思う。

婚約者から婚約破棄を告げられ、王城に在籍する宮廷魔法士達の職場の掃除係として就職してから数ヶ月、これまで色々あった。

同僚からのいじめで自室のドアが開かなくなったり、芋虫を贈られたり、騎士数名と戦うことになったり。そのどれもがわたしには何のダメージもなかったけれど。

でも、そんななかでも一番衝撃的だったのはアルフリード様からの告白であった。

「私が婚約したいと思っている相手は、ミスタリア＝リルファーデ子爵令嬢、あなたです」

そう言われて、猛烈に好意を示されて、色々悩んだけれどわたしは告白を受け入れた。

……だって、わたしもアルフリード様が好きだったから。

そうして、わたし達は婚約したのだ。

……それにしても、魔法のある世界で掃除機かあ。

アルフリード様に掃除機の話をしてから五日後。

今日は掃除機とマスクを製作するためのお出かけだ。

休日を合わせて、アルフリード様の馬車に乗って工房と服飾店に向かっている。

掃除機についてはアルフリード様と話し合って作った書類があるし、マスクも型紙や作り方を記したものを用意してある。あとは工房やお店側が引き受けてくれるかどうかだ。

「今日のドレスもよく似合っていますね」

藍色のドレスで、今回はちょっとフリルが多めのものを選んだ。

わたしの持っているドレスの中で数少ない華やかなタイプである。

「ミスタリア嬢は可愛らしいので、フリルがあると一段と華やかになって素敵ですよ」

「ありがとうございます！」

わたしの内心を読んだように褒められて嬉しい。あまり大人びたデザインよりも、こういうフリルやリボンが多いほうがわたしも自分に似合っていると思う。

以前はそういった華やかなものを着ているとイルンストン伯爵令息に「派手すぎる」と言われていたが、今はもう関係ない。

むしろアルフリード様はそういうものの方が好きらしい。

「正式に婚約が成立したら、そういった華やかなドレスや装飾品をもっと買いましょう。欲しいものや気になるものがありましたら、遠慮なく言ってくださいね。ミスタリア嬢をより美しく出来ると思うと楽しみです」

なんて言うほどだ。

「ご負担になりません？」

そう訊くとアルフリード様が目を細めた。

「好きな女性を着飾らせるのは男の自己満足です。それに、これは私の気持ちがどれほどなのか表すためでもあります。ミスタリア嬢が嫌でなければ、あなたに貢がせてください」

「貢ぐ……」

「ミスタリア嬢は私の気持ちをただ笑顔で受け取ってくだされば良いのですよ」

……わたし、悪女になりそう。

こんな格好良くて素敵な男性から貢がれて、それをただ受け取るだけなんてまさに男を手玉に取る悪女みたいだ。

しかもそれを真面目な顔でアルフリード様は言う。

まあ、その話はともかく、午前中に工房へ、昼食を摂って午後に服飾店にという予定でわたし達は出かけたのだった。公爵家の馬車は相変わらず乗り心地がいい。

「掃除機は魔法式の刻印も施す必要があるので、魔道具師のいる工房にしました。一度下見に行きましたが手先の器用な者ですし、我が家御用達なのできっと掃除機も作れると思いますよ」

「公爵家の方々御用達と言うと、それだけで安心感が凄いです。絶対作れるって感じがします」

「下見の際に少し説明しましたが、職人達も興味を引かれていましたから、今日の話し合いはあれこれ訊かれて大変かもしれません」

　それにわたしは笑う。

「大丈夫です。むしろ分からないところがないってくらい話し合わないと、職人さん達も作る時に困りますからね。質問大歓迎です！」

「それなら良かったです」

　そんな風に話をしているうちに、馬車の揺れが段々と収まって、最後に少し揺れて静かに停まった。どうやら目的地に到着したようだ。

　アルフリード様が先に降りて、手を借りてわたしも降りる。

　工房は大通り沿いにあるお店だった。

　……うわあ、大きい！

　こんな大通りに工房を構えられるということは、相当金銭的余裕があって、つまりは腕の良い職人が多いということでもある。

　アルフリード様にエスコートしてもらい、お店へ近付くと、中から扉が開けられた。

「いらっしゃいませ、アルフリード様。ようこそお越しくださいました」

　六十代くらいの老齢の男性が頭を下げる。

「この間話した通り、今日は私の恋人も一緒だ。もうすぐ婚約するから覚えておいてほしい」

「リルファーデ子爵家が長女、ミスタリア＝リルファーデと申します。本日はお忙しい中お時間をいただき、ありがとうございます」

　アルフリード様に合わせて自己紹介をして礼を執ると、男性がニコリと微笑んだ。

「この工房の長を務めておりますダリス＝マーウッドと申します。リルファーデ子爵家とおっしゃいますと、もしやあの良質なミスリル鉱で有名な？」

「はい、そうです」

「おお、リルファーデ子爵領のミスリル鉱と言えば職人達がこぞって欲しがる素晴らしい品なのです。まさか我が工房にリルファーデ子爵家の方が来てくださるとは、とても光栄に存じます」

「そう言っていただけるとわたしも嬉しいです」

自領のミスリル鉱には自信がある。

鉱夫達が一生懸命採掘して、丁寧に汚れを落とし、良い物を選んで他領に送り出している。

だからこそ、領民達の働きを認められたみたいで褒められるのは凄く嬉しい。

マーウッドさんが工房の奥へ案内してくれる。

「わたしや弟の名前もミスリル鉱から名付けられているんです。わたしは古い言葉のミスタリレから、弟は古代の人々がミスリルから生み出した特殊な鉱石イシルディンから」

「そうなのですね、良質なミスリル鉱の採れるリルファーデ子爵家らしい。ミスリル鉱は叩けば叩くほど強靭になりますから、きっと逆境にも負けない強い人間に育ってほしいという願いが込められているのでしょう」

マーウッドさんが、ホッホッホと笑う。

それにわたしも「そうだと思います」と頷いた。

両親が生きていた頃、よく「ミスリル鉱のように強く逞しく、健康に育ってほしい」と両親が話してくれた。わたしは父と母の思うように育ったわけだ。

奥には応接室があり、そこへ通されると、既に何人かの職人らしき人達が待っていた。

掃除機に興味を持って、自分も作ってみたいと思った人達を集めてくれたそうだ。

アルフリード様が前もって掃除機について大まかに説明してくれていたが、改めて、きちんと説明することになった。

自己紹介を簡単に済ませた後、持ってきた書類をテーブルへ広げる。

「まず、掃除機とは床に落ちた埃やゴミを吸い取ることを目的とした道具です」

わたしが描いた図を指差す。

「構造は、ここの吸い口から空気と共にゴミを吸い上げて、管を通り、この胴体で空気とゴミとを分けて、最後に綺麗な空気だけを出します。胴体の上部が開閉式になっていて、ゴミが溜まったら、自分で出して捨てます」

説明しながら指で図を辿っていく。

横からアルフリード様が更に説明を加えてくれた。

「主に使用する魔法式は風魔法。一つ、空気を吸い込む、二つ、ゴミと空気を分ける、三つ、空気を外へ排出する。この流れを行うために三つの魔法式を使用するのが良いと思う。回路を使用すると値段も手間もかかる」

職人の一人が頷いた。

「そうですね、それが良いでしょう。三つの魔法式を刻印するだけ、それも単純なものであれば、焼印で済ませられるので、量産しやすく値もその分、安く済みます。安ければ庶民も購入することが出来ますし、壊れても部品の交換で済みますから」

　わたし以外の全員が同意するように頷いている。

「えっと、その回路というのを使わないだけで、そんなに値段が変わるんですか？」

「ええ、回路を作るには特殊な技能や金属が必要なので、手間も費用もかかります。部品の作成と焼印、組み立てとこちらも少し手間はかかりますが、回路と違ってそれなりに技術がある職人ならば行えますし、費用を抑えられるので値段も安く、掃除機も軽くなりますよ」

　わたしにそう言うアルフリード様を凄いなと思う。

　掃除機について話していた時に、出来れば貴族だけではなく、平民も買えたらいいのにというわたしの言葉をきっと覚えてくれていたのだろう。

「部品についてですが、細かく訊いてもよろしいでしょうか？」

　職人さんに訊かれて頷き返す。

「はい、大丈夫です！」

　とは言っても、わたしに答えられることはあまりないかもしれないけれど。

　職人さん達がわたしの描いた図を覗き込む。

「まず、この先端の吸い口だが、何で筒とは別に平たいのがあるんですかい？　それにこの平たいのだと床を傷付けると思うんですがね」

「平たい方の吸い口には、下に布を取り付けて、直に床に当たらないようにします。小さくて柔らかなブラシをつけてもいいと思います。筒だと絨毯や床の埃を吸う時に、吸える場所が狭いですけど、平たくすると吸える場所が広くなるし、筒よりも吸う力が分散するから絨毯などを傷めにくくなるからです」

「じゃあ筒は必要ないんじゃあないですかい？」

「いえ、筒は家具の隙間や窓枠の溝の掃除なんかをする時に便利なんです」

「ああ、なるほど。ああいう場所の掃除は手間だからなあ」

掃除をしたことがあるのか、職人さんが納得した様子で顎を撫でた。

……窓枠って意外と埃が溜まるのに、取るのは面倒だよね。

「この管の部分の長さはどれくらいですか？」

「えっと、人が腰を曲げずに、手で持った時に床につくくらいです。管は二本に分かれていて、その管を繋げたり外したりして長さを変えられます」

腰高で、掃除機を持って動かす仕草をしてみせる。

図にある掃除機も取っ手つきだ。

前世では結構古い型のものだけれど、シンプルで頑丈だった記憶がある。

……親戚のおばさんの家にもあったなあ。

おばさんがゴロゴロ掃除機を引っ張ってくるのが子供の頃は面白かった。

「だとすると、長さについてはいくつか部品を試作して決めるのが良さそうですね」

職人さんの一人が顎に手を当てて考える。

　そうしていると、また別の職人さんが口を開いた。

「この、空気を吸う強さを三段階に分ける理由はあるんですか？」

「はい、絨毯など傷付けたくないものなら弱めに吸って、逆にゴミの多い床などは中間、粉みたいなものをこぼして一気に吸いたい時は強く、といった感じで用途で分けたいんです」

「一番弱いものでどれくらいの吸う力ですか？」

　……吸う強さ……。

「うーん、紙がくっついても手で取れるくらい？　それについても、実際に吸わせて試してみる必要があると思います。曖昧ですみません……」

　職人さん達が顔を見合わせた。

「いえ、魔道具作りなんて最初は皆、そのようなものですよ。こういうものを作りたいという想像から始まるのですし、曖昧なのは当然です」

　アルフリード様がわたしの前髪をそっと撫でた。

「それを実現させるために、こうして職人達と話し合っているのです」

　職人さん達がうんうんと頷いている。

「ミスタリア嬢は思いつくことを言ってくだされば、それでいいんですよ。実現可能かどうかは職人達が判断します」

　そう言ってもらえるとホッとする。

　前世では当たり前にあったけど、その構造や造りの理由なんかは気にしたことがなかった。

今思えば、もっと色々なものについて学んでおけば良かった。

それでもアルフリード様の言葉は心強い。

「分かりました」

その後も掃除機について職人さん達からあれこれと訊かれて大変だったけど、楽しかった。

構造についてはわたしが話をして、魔法式についてはアルフリード様が話してくれたおかげで非常に助かったけれど、魔法についてはあまり分からなかった。

そもそも魔法に関する勉強をわたしはしていない。

魔力内向者なので、基礎の魔法の属性やその特性なんかは知っているが、それだけだ。

そうして何とか掃除機について語り終えた頃には昼近くになっていた。

「それでは、後は頼んだ」

「よろしくお願いします」

試作品の製作に関しては工房任せである。わたしが何か出来ることはない。

職人さん達はすぐに試作品に取り掛かってくれると約束してくれたので、出来上がるのが楽しみだ。どちらが良いのかという話になって、木製と陶器製の両方を作ってくれるそうだ。

木製は軽くて、多少ぶつけても平気だが見た目が良くなく、陶器製はぶつけたりすると欠けやすいし重いという欠点はあるけれど、見た目はかなり良い。

どちらかにするか、もしくは両方を採用するか。

それは試作の出来次第である。

「そろそろ昼食にしましょうか。近くのレストランに予約を入れてあります」

馬車に乗る際にアルフリード様がそう言った。

「わたしのこの服装でも入れますか？」

公爵家の使うレストランと言われると、かなり豪華で綺麗な場所を想像してしまう。

……わたしの服装は地味だし。

どう見てもギリギリ貴族かな、という程度だ。

アルフリード様が頷いた。

「大丈夫です。そこまで格式張った場所ではありませんし、個室ですから誰も気にしませんよ」

そう言われて、それならと頷いた。

そうして馬車はゆっくりと走り出した。

昼食後、また馬車に揺られて服飾店へ向かう。

レストランは凄くいい場所だった。

落ち着いた品の良い調度品や家具で揃えられたお店で、地味なわたしを見ても店員は表情一つ変えずに対応してくれた。個室もほどよい広さで、料理もかなり手が込んでいて美味しかった。

特に鹿肉をトマトと香草で煮込んだものは絶品である。

「昼食、ありがとうございました。とても美味しくて、居心地も好くて、素敵なお店でした！レストランなんて久しぶりだったので凄く嬉しかったです！」

しかもご馳走になってしまった。

アルフリード様が目元を和ませる。

「それは良かった。お気に召していただけたのであれば私も嬉しいです。あそこは私も好きなので、また二人で行きましょう」

と、言ってくれた。

……アルフリード様、本当イケメン！

見た目もそうだけれど、この気遣いと女性への押し付けがましくない対応が格好良過ぎる。

この人が、わたしの婚約者になるって嘘みたいだ。思わず両手で顔を覆う。

「……アルフリード様、格好良すぎです」

見た目も良し、性格も良し、家柄も良し。

……何でこれで婚約解消になったんだろう。

気になるけれど、ちょっと訊きにくい。

けれど、いつかは話してくれるだろう。

わたしはそれを待ちたいと思う。

「ありがとうございます」

無表情だけれどアルフリード様の雰囲気はとても嬉しそうだった。

そんな話をしていると馬車の揺れが段々と収まり、そして最後に小さく揺れて停車した。

扉が開けられて、アルフリード様が先に降りる。

次にアルフリード様の手を借りて、わたしも降りる。

降りた目の前にあったのは綺麗なお店だった。

アルフリード様が扉を開けてくれたので、中へ入れば、既にほとんど出来上がったドレスが何着も並んでいた。恐らく、あとは裾やサイズを調整するだけだろう。

オシャレに疎いわたしから見ても、可愛くて綺麗なドレス達である。

「わあ、可愛い～！」

思わずドレスに目がいってしまう。

「いらっしゃいませ」

女性の声に顔を正面に戻せば、美しいドレスを着た女性が立っていた。

「予約していたアルフリード＝リュディガーだ」

アルフリード様の言葉に女性が礼を執る。

「ようこそお越しくださいました、アルフリード様、お嬢様。お針子達も既におりますので、お話は奥でいたしましょう」

と、お店の奥へ案内された。個室の応接室の一つに通される。

そこには数名のお針子さんがおり、わたし達が通されると、すぐにお茶まで用意された。

ソファーを勧められてアルフリード様と一緒に腰掛ける。女性は向かい側だ。その後ろにお針子さん達がいる。

「改めまして、この店のオーナーのエミリヤ＝ブラッドソンと申します。この度は数ある店の中から当店を選んでくださり、ありがとうございます。とても光栄ですわ」

「初めまして、リルファーデ子爵家の長女ミスタリア＝リルファーデと申します。こちらこそ、このような素敵なお店にお願い出来て嬉しいです」

　ブラッドソンさんは中年の女性だけれど、とても綺麗な人だ。それに堂々としている。

「今は婚約の打診をしている最中だけれど、ミスタリア嬢と婚約するつもりだ。彼女のことは私の婚約者として扱ってほしい」

　彼女、と言いながら肩を抱き寄せられる。

　細身だとは思っていたが、肩が触れたところはちょっと硬くて、やはり男性なのだと実感する。それに大きな手がしっかりわたしの肩を包んで、後ろに回された腕にはまだ余裕があった。

　抱き寄せられたのは初めてでドキリと胸が鳴った。

「かしこまりました。きっと奥様もお喜びになられていることでしょう。アルフリード様には浮いたお話は一つもございませんでしたから」

　そう言ってブラッドソンさんは微笑んだ。

　……アルフリード様のお母様？

　きっとアルフリード様のようにとても整った顔立ちの人なのだろうな、と想像がついた。

「あ、リュディガー公爵家の皆様にもご挨拶に行かなければいけませんよね？」

　いずれは義理の家族になるのだから。

「それは婚約後で構わないそうです。我が家は皆、忙しいですから、予定を合わせるには少し時間がかかるのです」

「公爵家ですもんね」

わたしの言葉にアルフリード様がふっと目を細めて、多分、笑った。

「ええ、確かに公爵家だからこそ忙しい身の上なのかもしれませんね」

何故か頭を撫でられた。

……アルフリード様、よく頭を撫でるなあ。

嬉しいから全く構わないのだけれど。

わたし達の会話が途切れると、ブラッドソンさんがふふふと笑った。

「お二人は仲がよろしくて羨ましいですわ。奥様が孫を抱かれる日はそう遠くありませんね」

言われて、頬が少し熱くなる。

「ええっと、それで、ご依頼したい品について今日はお話しさせていただきに来たのですけど！」

……孫、孫って、わたし達の子供のこと⁉

婚約もまだなのに子供の話なんて恥ずかしすぎる。

慌てて話を逸らせばブラッドソンさんは頷いて「はい、是非お聞かせください」と話に乗ってくれた。持ってきていた説明書と何枚かのマスクをテーブルへ広げる。

「これがマスクですね。手に取っても？」

「はい、どうぞ」

ブラッドソンさんが手に取り、自分の手元に一枚残して、残りを後ろにいたお針子さん達に渡した。まじまじと見られると落ち着かない。わたしの裁縫なんてそこまで大した腕ではないから、本職の人達に熱心に見られると不安になる。

「なるほど、口への当て布と聞いておりましたが、これは非常に使い勝手が良さそうです」

マスクを見てブラッドソンさんが言う。

「使い道は色々あります。お掃除をする時、魔法士さんが研究をする時、誰かが病気になった時は看病する人がつけるのもいいと思います。土埃が酷いところでもマスクをつければ吸い込まなくて済みます」

「ええ、そうですね、これを欲しいと思う方は多いでしょう」

わたしの説明にブラッドソンさんが頷いた。

アルフリード様が口を開く。

「もし製作してもらえるなら、私の働いている紫水でも購入するつもりだ。恐らく定期的にそれなりの数を購入していくことになる」

何でも、紫水の皆さんもマスクが欲しいらしい。

埃もそうだけど、実験で薬品を使ったり毒魔法で出した毒を調べたりするので、口を覆う当て布があれば多少は刺激臭などを抑えられるし、繊細な薬品の調合などではやはり当て布は必要なのだとか。

「まあ、それは喜ばしいことですわ。……作り方はどのようにしていらっしゃるのでしょうか？」

「それについてはこちらをどうぞ！」

テーブルに並べた型紙と書類を見せる。マスクの作り方は簡単だ。

特に裁縫に慣れている人達であれば、わたしよりもずっと早く作れるだろう。

書類には作り方を説明と図と両方あるから、多分、読めば分かるはずだ。

あら、と書類を読んだブラッドソンさんが漏らす。

「この指示書、とてもいいですね」

「説明文だけだと分かりにくいので、図と一緒にしてみました。でも、作ってみて、作りづらかったり、もっと作業を効率的に出来たりするのであれば、この書類通りに作らなくても問題ありません。裁縫に慣れている皆様の方がもっと良いものを作れるでしょうし」

ブラッドソンさんが目を丸くした。

「必ずしもこの通りに作らなくてもよろしいと？」

「はい、きちんと出来上がったものは同じであれば構いません。それから、こちらは女性向けのマスクなのですが……」

あえて出していなかった書類を取り出し、渡しながら言う。

「こちらは華やかさを取り入れたもので、フリルやレース、リボンをつけたもののデザインです。基本的にはマスクは白い布で作るものですが、女性向けは柄や色のあるものの方が、服装と合わせやすいですよね？」

　ブラッドソンさんが書類に目を通す。

「特に女性はオシャレや可愛さを重視しますし、身につけるなら華やかなものの方が忌避感がないでしょう。逆に男性はあまり華やかなものは好まないかもしれません」

　それに頷き返す。

「それとマスクには欠点もあります。一つはお化粧が崩れてしまいやすいこと、それと、あまり激しく動くと呼吸がしにくくなることです。……貴族の女性はそういうことはないと思いますが」

「お化粧が崩れるのは問題ですね……」

「内側にツヤツヤしたあまり肌を擦らないような素材の布を使うとか、何か方法を探すしかないかなと」

　ブラッドソンさんはしばし考えていたけれど、答えが出ないと感じたのか顔を上げた。

「マスクの製作ですが、少し考えさせていただいてもよろしいでしょうか？　試作してから決めたいのです」

　わたしはそれに頷いた。

「はい、それでも大丈夫です」

　お店側としても、この商品が本当に売れるのか、商品として成り立つのかどうか試す必要もあるだろう。

　わたしとしては紫水の魔法士全員分を自分で作ることは無理なので、お店に委託したいだけなので、売れるかどうかは正直わりとどうでも良かったりする。

欲しいと思っている人の手に渡ればいい。

そこに利益は求めていない。

「数日中にはお返事をいたします。どちらにご連絡いたしましょうか？」

「私の方に」

「かしこまりました」

とりあえず保留ということで話は決まった。

マスクに関する書類と見本をお店に残し、わたし達は服飾店を後にした。

まだ日は大分高く、馬車に戻るとアルフリード様が「せっかくですからリルファーデ子爵家に寄りますか？」と訊いてくれた。

「いいんですか？」

「ええ、最近はわたしがミスタリア嬢を独り占めしてしまって、このままではあなたの弟君に恨まれてしまいますから」

「……それは、まあ、否定出来ないですね……」

アルフリード様の気持ちを受け入れたあの日以降、なんだかんだ忙しくて家には戻れていない。

きっとイシルディンは不機嫌だろう。

この前の手紙でも「顔を見せに来て」と催促されていたから丁度良い。

それに、わたしもイシルディンの顔が見たい。

そういうわけで先に使いの者を送り、わたし達はゆっくりと我が家に向かうこととなった。

◇◇◇

「姉上、アルフリード様、連絡が遅いです」

リルファーデ子爵家に行くと、居間に通されたが、ミスタリア嬢の弟君がそこで腰に手を当てて待ち構えていた。

その堂々とした姿はいつかの事件の時に高らかに口上を述べていたミスタリア嬢とよく似ていて、さすが姉弟だなと思ったが口には出さなかった。

「申し訳ありません、私が思いつきで訊いてしまったもので……」

実家に寄れた方がミスタリア嬢も良いだろうという安直なものだった。

一応、先触れは送ったが、恐らくこちらが着く少し前くらいに届いたはずだ。

だが考えてみればミスタリア嬢はともかく、自分は公爵家の人間であり、公爵家の者が子爵家を突然訪問するというのは子爵家側からしたら確かに困るだろう。

「いえ、アルフリード様は悪くありません！　わたしも気付かなかったですし！」

横にいるミスタリア嬢が声を上げたが、弟君はそれにバッサリと切り返した。

「いや、どっちも悪いでしょ」

全くもってその通りである。

「すみません……」

「ごめん……」

弟君が困ったような顔をする。

「あー、いえ、別に来るなというわけではなくて、我が家はこの通り余裕がないので、アルフリード様を十分におもてなし出来なくて……」

そのようなことを彼は気にしていたのか。

申し訳なさそうな顔をする弟君に首を振って否定した。

「それに関しては気にしておりません。ただ、ミスタリア嬢のご家族とも仲良く出来たら、それで十分です。過度な接待も正直なところ苦手なので、普段通りに接していただきたいのです」

「……分かりました。ありがとうございます」

弟君が少し考えた後に頷いた。

「では、今後はそのようにします。姉上と婚約したら何度も我が家には来るでしょうし、いずれ結婚したら、あなたは義理の兄になりますし」

「義理の兄……」

弟君の言葉にミスタリア嬢の頬がぽっと赤くなる。

……可愛い。

ついミスタリア嬢の頭を撫でてしまう。

可愛い婚約者に、婚約者とよく似た義理の弟。どちらも自分は大歓迎だった。

「アルフリード様、姉上を泣かせたら、たとえ公爵家の方でも許しませんよ」

弟君の言葉に強く頷き返す。

「そうならないように全力で努めます」

「……絶対にない、とは言わないんですね」

「絶対という言葉は一番信用出来ない言葉だと思っております」

弟君が苦笑しつつ頷いた。

「僕もそう思います」

それから、弟君が手を差し出した。

「今後ともよろしくお願いします、義兄上《あにうえ》」

「……よろしくお願いします」

その手を握り返しながら、義兄上という響きの心地の好さに顔が緩んでしまいそうになる。

ミスタリア嬢の弟君に兄と呼んでもらえるのはとても嬉しいし、それは結婚もきちんと認めてくれているという意思表示でもある。

横でミスタリア嬢が満面の笑みを浮かべていた。

弟君と自分が仲良くするのが嬉しいらしい。

「良かったね！　イシルは昔から頼れる格好良いお兄ちゃんが欲しいって言ってたもんね！」

ミスタリア嬢のその言葉が一番嬉しい。それはつまり、アルフリードのことを頼れる格好良い男だとミスタリア嬢が思っているということだ。

「そうだね、アルフリード様ならいいと思うよ」

　少し含みのある言葉に気付く。前の婚約者のイルンストン伯爵令息は、きっと、弟君にとっては義理の兄として認められなかったのだろう。

　弟君はミスタリア嬢と見た目はよく似ているけれど、性格までそうとは限らないようだ。

　目が合うと弟君はニッコリ微笑んでいた。

◇◇◇

　婚約を受け入れて一ヶ月。

　ようやくリュディガー公爵家とリルファーデ子爵家の間で話が纏まり、両家の当主の同意の下で婚約届を国に提出し、それが受理された。

　イルンストン伯爵令息の時は口約束だったが、今回は正真正銘、正式な婚約である。

　……わたしとアルフリード様は婚約者同士！

　恋人から婚約者へ昇進だ。嬉しいけれど同じくらい照れくさい。

　ちなみに受理された件についてはリュディガー公爵家とリルファーデ子爵家の両方に受理の連絡が届き、アルフリード様が翌日、朝早くに登城してくれた。

　そうして朝食の席で教えてもらった。

「今日から私達は婚約者です。改めて、これからよろしくお願いします」

「こちらこそ、よろしくお願いします！」

朝食の席でお互い深々と頭を下げて、周りの人からちょっと変な目で見られてしまったけれど。

でも正式に婚約をしたので、今後は二人でいても何ら問題はないのだ。

……何せ婚約者だから！

言ってしまえば、人目のある場所でイチャイチャしたとしても婚約者だから問題ない。

もちろん、仕事中はそんなことしないけれど。

その後は二人で紫水の区画に出仕して、いつも通り別々に仕事をこなして、昼食の席で士団長様と副士団長様に報告した。

「無事、ミスタリア嬢と婚約しました」

「アルフリード様と婚約しました！」

お二人がパチパチと拍手を送ってくれる。

「おめでとう～」

「おめでとうございます」

お二人の言葉にアルフリード様と「ありがとうございます」と言葉が重なって、思わず互いに顔を見合わせた。

それに士団長様が笑った。

「二人とも息ピッタリだね～。いやあ、ミスリルちゃんを採用した僕って偉くない？　二人を引き合わせたんだよ～」

副士団長様が呆れた顔をする。

「正確には紅玉と琥珀の士団長様方も採用には関わっておりますけどね」

「いいでしょ、僕もその一人なんだから〜」

言って、士団長様が「あ」とこちらを見る。

「そういえばミスリルちゃんって紅玉と琥珀の士団長のこと覚えてる〜？」

面接を思い出して頷けば、士団長様が「そっか〜」と頬杖をつく。

「会ってみない？」

士団長様の言葉に驚いた。

「え、いいんですか？」

紫水の使用人に過ぎないわたしが、宮廷魔法士団の紅玉と琥珀の士団長様に会えるなんて凄く光栄なことだ。しかも本来は団が違うので、そう気軽に会える人達でもない。

……メルディエル士団長様にこうして気安く接してもらえているだけでも驚きなのに。

大勢の優秀な魔法士達を束ねる人達だ。面接の時に会ったけれど、あれは短時間だったし、受かることの方を気にしていたから会話などはハッキリとは覚えていない。

覚えているのは、一人は大柄で赤い髪をしていて、もう一人は細身の白髪の老人だったことくらいである。

「うん。あの二人もさ〜、ミスリルちゃんとまた話したいって言ってるんだ〜。それに、僕の部屋を綺麗にしてくれたこと、褒めてたよ〜」

……士団長様達に褒められてた！

婚約の件もそうだけど、今日は良いことばかりで、一日ずっと幸せな気持ちで過ごせそうだ。

アルフリード様が少し眉根を寄せた。

「お二方にミスタリア嬢を会わせるなら、私も同席します。……あの方々は少々癖がありますから」

「あはは、いいんじゃな～い？　今日の午後にあの二人が紫水《うち》に来るから、話の後にでも呼ぶね～」

士団長様の言葉に頷く。

「分かりました！　それまでに出来るだけお仕事を終わらせておきます！」

……士団長様方に会うのが楽しみ！

紅玉と琥珀の士団長様に会える。

こんな機会そうないから、とわたしは午後の仕事も精一杯早く終われるように頑張った。

最後に共同スペースの廊下や応接室などの掃除を終える。

……応接室、なかなか使ってくれないなあ。

てっきり応接室を使うと思っていたが、どうやら士団長様の部屋に来ているらしく、ティーセットを持った副士団長様と途中ですれ違って「仕事が終わったらメルディエル士団長の部屋に来てね」と言われた。

せっかく応接室があるのに誰も使わない。

いつ使ってもいいように掃除しているけれど。

とりあえず掃除道具を片付け、一度手を洗いに井戸に寄ってから士団長様の部屋に向かう。

……最近何もなくなったなあ。

水や蛇が降ってきてほしいわけではないが、ここに入ってからしばらくは色々あったため、何もないと何だか気が抜けてしまう。

仕事で歩き回っているものの、やっぱり運動と言うか、もっとこう、体を動かしたい。

しかし、さすがに鍛錬場に行って騎士達に混ざるのは無理だろう。

……木剣でもいいから振りたいな。

そんなことを考えているうちに士団長様の部屋に着いた。

小さく息を吸って、少しの緊張を解す。

それから士団長様の部屋の扉を叩いた。

ややあって、中から扉が開かれた。

アルフリード様だった。

「どうぞ、ミスタリア嬢」

扉を押さえ、反対の手で招き入れられる。

「ありがとうございます」

「いえ、一秒でも早く会いたかったので」

そう言ったアルフリード様に頭を撫でられる。わたしもアルフリード様と会えて嬉しいので「わたしもです」と頷き返せば、青い瞳が目尻を少し下げる。

アルフリード様が扉を閉めた。

室内へ顔を向ければ、士団長様と副士団長様は自分の机のところにいて、ソファーには紅玉と琥珀の士団長様だろう人達が座っていて、ちょっと目を丸くしてこっちを見ている。

「ミスリルちゃんお疲れ様～、そこのソファーに座っていいよ～」

士団長様の言葉に従ってソファーに座る。

紅玉と琥珀の士団長様お二人と向き合う格好になってちょっと緊張したけれど、横にアルフリード様が座ってくれたので安心した。

「で、ガルフェウスもシェドアも知ってるだろうけど、この子がミスリルちゃんだよ～。それで、ミスリルちゃん、こっちの二人が紅玉と琥珀の士団長～」

士団長様の言葉に目の前の二人が口を開く。

「面接の時以来だな。俺はガルフェウス＝アルドレッドだ。宮廷魔法士団・紅玉の士団長をやってる」

アルドレッド様は大柄で、真っ赤な髪が凄く綺麗で、金の瞳のなかなかに男前な顔立ちの中年かそれより少し若いくらいの男性だった。ローブを着ているけれど、騎士なのではと思うほど、体ががっしりとしている。それにかなり長身だ。

髪の色味は元婚約者のハロルド＝イルンストン伯爵令息に似ているが、アルドレッド様の方が、ずっと鮮やかな色をしている。

「私はシェドア＝オルドレアと申します。宮廷魔法士団・琥珀の士団長を務めさせていただいております」

　オルドレア様は細身で、綺麗な白髪の髪に柔らかな淡い緑の瞳の老齢な男性だった。恐らく六十代半ばほどだろうか。

　アルドレッド様の横にいると小柄に見えるけれど、姿勢が良く、穏やかで好々爺然としている。

　わたしも浅く頭を下げて挨拶を返す。

「改めまして、リルファーデ子爵家が長女ミスタリア＝リルファーデと申します。あの時、わたしを採用してくださってありがとうございました」

　おかげで、ここで働くことが出来た。

　待遇の良い職場に、優しい人達に、婚約者もいて、毎日楽しく仕事している。

　オルドレア様が緩く首を振った。

「いいえ、こちらこそ紫水をここまで綺麗にしてくださり、お礼申し上げます。魔窟とまで呼ばれて酷い有様でしたから」

　前の様子を思い出したのか、オルドレア様が小さく息を吐いて苦笑した。

「あれは確かに酷かったな」

　アルドレッド様も頷いている。

「ありがとうございます！　でもわたしは担当の部屋を片付けただけで、他の使用人の方や魔法士さん達が頑張ってくれたから綺麗になったんです」

アルフリード様に頭を撫でられた。

見上げれば、青い瞳が優しく見下ろしてくる。

「ミスタリア嬢は謙虚ですね」

よしよしとわたしの頭を撫でるアルフリード様と、頭を撫でられているわたしを、アルドレッド様とオルドレア様がまじまじと見る。

「お前ら随分と仲良いな？」

アルドレッド様の言葉にアルフリード様が言う。

「婚約者同士なので当然です」

「婚約者!?　いつからだよ!?」

「今日からです」

驚くアルドレッド様にアルフリード様がしれっと返して、アルドレッド様は「あの噂の貴公子が婚約……」と呟く。

……まあ、驚くのも無理ないよね。

わたしが紫水に来て半年も経っていないのに、まさかアルフリード様と婚約するなんて。

自分でも正直驚いている。

オルドレア様がほっほっほ、と笑った。

「それはおめでとうございます」

オルドレア様の言葉にアルフリード様と一緒に頷いた。

「ありがとうございます」

「あ、ありがとうございます！」

アルドレッド様がソファーの肘置きに頬杖をつく。

「それにしてもどういう心境の変化だ？　お前、これまで大勢のご令嬢に迫られても全く相手にしなかったのによ」

「やっぱりそうなんですか！」

思わず、ズイッと身を乗り出してしまう。

「そうですよね、アルフリード様、格好良いし優しいし、仕事も出来るし、性格も良いから、やっぱりモテモテだったんですね！」

……だと思った！　予想通り‼

むしろ今まで相手がいなかったのが不思議なのだ。

アルドレッド様が「あ、ああ」と頷いた。

「あー、だが、アルフリードは誰の相手もしなかったぞ？　むしろ鬱陶しそうな感じだったな。あんまり冷たいせいで『氷の貴公子』って呼ばれてるしな」

「『氷の貴公子‼』」

……何それ格好良い‼

見上げればアルフリード様が顔を逸らした。

「……その呼ばれ方は好きではありません」

ちょっと拗ねたような声にキュンとする。

……わ、拗ねてる！　可愛い～‼

思わず、にへらっと笑ってしまう。

それに気付いたアルフリード様がわたしの顔を両手で挟んだ。

「笑わないでください」

むに、と頬をつままれる。

「ごめんなさい」

素直に謝れば手が離れていった。

はあ、と感嘆の溜め息が聞こえてくる。

「本当に婚約したんだな」

アルフリード様が「婚約届も受理されました」と答え、アルドレッド様が苦笑する。

「そうか、おめでとう。まさかお前達が婚約するとは思わなかったけど、まあ、良かったな」

それにアルフリード様と一緒に「ありがとうございます」と答える。

「失礼ですが、お二人が結婚したらリルファーデ嬢は仕事を辞めてしまわれるのでしょうか？」

オルドレア様の言葉に首を振る。

「いいえ、辞めません。ここで働くのは好きですし、アルフリード様も結婚後も紫水で働いてほしいと言ってくださったので、今後も働き続けます！」

「それを聞いて安心しました。リルファーデ嬢がいなくなれば、この部屋もあっという間に元の荒れ模様に戻ってしまうでしょうから、働き続けていただけるというのは非常にありがたいことなのです」

それに士団長様が「ええ～」と声を上げる。

「さすがに僕だってもうあんなに汚したりはしないよ～。…………多分」

それにわたしを除いた部屋にいた全員が呆れ顔で士団長様――……メルディエル様を見やった。

他のお二人も士団長様だから、ちょっとややこしい。

「信用なりません」

「だな」

「まあ、無理でしょうね」

「そうですね」

オルドレア様の言葉にアルドレッド様、副士団長のウェルツ様、アルフリード様が頷いた。

……うーん、確かに。

実は毎日掃除しているけれど、一番時間がかかるのはメルディエル様の部屋だったりする。

前日に綺麗にしても、翌日にはもう本が出しっ放しになっていたり、足元に紙が落ちていたり、たまにローブをソファーの上にくしゃくしゃに放ったたままどこかに行ってしまっていたりする。

メルディエル様は基本的に自分のことが出来ない人なのだろう。

アルフリード様には「典型的な魔法士」と言われている。

魔法や研究が好きで、興味のあることにはかなりこだわりがあるけれど、逆に興味のないことにはとにかく無関心でやりたがらないらしい。

メルディエル様がぶーぶー言う。

「みんなして酷くない？　僕だってやれば出来るよ～。ねえ、ミスリルちゃんだってそう思うよね～？」

話を振られて考える。

「うーん、まあ、でも、結果的に出来ていないわけですから『やれるけどやらない』も『出来ない』も同じような気はします。結局はやってないので」

「うう、ミスリルちゃんが厳しい……」

がっくりとメルディエル様が肩を落とす。

それにアルドレッド様が笑った。

「ははは、いいな！　もっと言ってやれ！」

メルディエル様が唇を尖らせた。

「やめてよ～、僕立ち直れなくなっちゃう」

「なぁに言ってんだよ、お前ほど打たれ強い奴なんてそうそういないだろうが」

「いーや、いるじゃない、そこに」

メルディエル様に指差されて全員の視線がわたしに集中する。

「ミスリルちゃん、あの口上聞かせてくれる～？」

メルディエル様の言葉に頷いて、すっくと立ち上がる。

大きく息を吸い、お腹に力を込め、腰に両手を当てて、声を出す。

「折れない欠けないヘコまない、打たれ強さは世界一！　ミスリルこと、このミスタリア＝リルファーデに何でもお任せください‼」

アルドレッド様とオルドレア様が目を丸くした。

それにわたしはニッコリ笑う。

「どうぞ今後はミスリルとお呼びください！」

その後、お二人からミスリル嬢と呼ばれるようになったのは言うまでもない。

後ろでアルフリード様が小さく息を吐いていた。

「その口上やめませんか？」

「やめません！」

だってこれ、結構楽しいのだ。

「他の者が婚約者の私よりも親しげにあなたを呼ぶのは、あまり歓迎出来ないのですが……」

そう呟いたアルフリード様は少しだけ拗ねたような表情をしていて、ドキッとしてしまった。

「アルフリード様もミスリルって呼んでいいんですよ？」

でも、アルフリード様は拗ねたまま、首を振っていた。

◇◇◇

婚約が正式に受理されてから五日後。

今日はアルフリード様の実家であるリュディガー公爵家にご挨拶に行く予定だ。

でもその前に寄るところがあると、午前中からわたし達は出かけることになった。

公爵家の馬車に揺られるのも慣れてきた。

「これからどこに行くんですか？」

今日のわたしは以前着ていた藍色のドレスである。

正直、持っている中で一番華やかなのがこれだけなので、他に選ぶということがない。

「着いてからのお楽しみです」

と、口元に指を当ててアルフリード様が言う。

その仕草が凄く自然で、凄く似合う。

「それにしても今回は我が家の予定に合わせていただき、ありがとうございます」

「いえ、こちらこそアルフリード様のご家族の皆様はお忙しいのに、時間を作っていただけて嬉しいです！」

本来は休日ではないのだけれど、婚約のご挨拶にリュディガー公爵家に行くのだと話したらメルディエル様が「それは行かないとね～」と上手くお休みを調整してくれたのだ。

実はわたし達使用人の勤務割りもメルディエル様が決めていたそうで、今後はアルフリード様と休日を合わせてくれるとも言ってくれた。

思わず「メルディエル様、最高です！」と両手を上げて喜ぶわたしに、メルディエル様は「そうでしょ、そうでしょ」と自慢げに胸を張っていた。

「アルフリード君も僕を褒めてくれてもいいんだよ？」

そう言ったメルディエル様にアルフリード様は少し嫌そうに眉根を寄せた。

「……ありがとうございます」

その言葉は何だか色々な感情がこもった声だった。

それはともかく、アルフリード様のご家族に会えるのはずっと楽しみにしていたので嬉しい。

ちょっと不安もあるけれど、きっと、リュディガー公爵家の方々は悪い人達ではないだろう。

「義理とは言え家族になりますから、時間を作るのは当然ですよ。それに皆もミスタリア嬢に会うのを楽しみにしておりましたから」

アルフリード様に頭を撫でられる。

「わたしも楽しみでした！」

「是非それを伝えてあげてください。父も母も見た目は少々近寄りがたく見えますが性格は穏やかですし、兄も、兄の妻である義姉《あね》も妹が欲しいと以前言っていたので、きっとミスタリア嬢のことを気に入るでしょう」

「そうだといいなあ」

わたしは長子で姉だから、姉や兄という存在には少し憧れがある。

前世では一人っ子だったのもあって、今生では弟のイシルディンを目一杯可愛がっているが、兄や姉もいたらなと考えたことがあった。

ちなみにアルフリード様のお兄様は結婚している。

なので、今日会うのはアルフリード様のご両親とお兄様と、お兄様の奥様でアルフリード様の義理のお姉様のこの四人だ。

そんな話をしているうちに馬車が目的地に停まった。

先に降りたアルフリード様の手を借りて降りれば、そこには見覚えのあるお店があった。

マスクを作ってもらうことになった服飾店である。あれから数日後、アルフリード様にお返事が届き、マスクを製造・販売することを了承してくれたお店だ。

アルフリード様が扉を開けてくれる。

中へ入ると、前回同様、ブラッドソンさんが出迎えてくれた。

「いらっしゃいませ、アルフリード様、ミスタリア様。ようこそお越しくださいました」

「いらっしゃいませ」と複数の声が重なる。

今日はお針子さん達まで一緒のお出迎えだ。

「では、よろしく」

「かしこまりました」

サッとアルフリード様がわたしの手をブラッドソンさんに譲り、驚いている間に別室へと連れて行かれた。

「え、え？」

そこにも数名のお針子さん達がいた。

「失礼いたします」と言われて、着ていたドレスをスルッと脱がされて、全身の測定をされる。

お針子さん達はわたしの身長からスリーサイズから、それこそ腕の長さや足の長さ、大きさ、太さなど、わたし自身ですら知らない数値まで書き留めていく。

しかも、わたしの腕を上げたり伸ばしたりするのだが、不思議なことに抵抗出来ないと言うか、自分の体なのにお針子さん達の手によって動かされると言うか、ビックリするくらい自然なのだ。

しかも測る時間が凄く短い。

数人がかりでサササッと行われた。

それが終わるとまた元のドレスを着せられて、気付けばアルフリード様の下に戻っていた。

「はっ、今のは何だったんですか⁉」

ソファーに腰掛けるアルフリード様の横に座って、ようやく我に返る。

「ミスタリア嬢にドレスを贈るための下準備です」

「初耳です！」

「今初めて言いましたから」

言いながら、アルフリード様がパタリと見ていた本を閉じて顔を上げる。

そうして、ある方向を指差した。

「あのドレスの中ではどれが一番お好きですか？」

そこにはいくつかのドレスが並んでいた。

……うわ、どれも可愛い！

色取り取りのドレスはどれもデザインが違う。

でも、わたしの目に留まったのは鮮やかな青色のドレスだった。

「あの青いのが一番好きです」

目の覚めるような鮮やかな青に、銀糸で可愛らしい小鳥と小花の刺繍がされていて、胸元から腰まで大きなリボンがつき、スカート部分にはフリルがたっぷりと使われている。

そう、凄く女の子らしくて可愛いドレスだった。

それに青はアルフリード様の瞳の色だ。

「他は？」

訊かれて、困ってしまう。

「うーん、どれも良くて迷ってしまいます。どのドレスも可愛くて、オシャレで、見ているだけで幸せな気持ちになります」

わたしだって女の子なので可愛いものが好きだし、綺麗なものも好きだし、着飾りたいと思うこともある。オシャレな服は見ているだけでも癒されるのだ。

「そちらにあるドレスは全て購入します」

「え」

……今、なんて……？

ブラッドソンさんがいい笑顔で「お買い上げありがとうございます」と言った。

……買う。買う？　これ全部を⁉

「ア、アルフリード様っ、ドレスですよ？　こんな買うなんて！　お金凄くかかるんですよ⁉」

「ドレスの値段は知っています。大丈夫ですよ、こう見えてかなり稼いでおりますし、婚約者の品位保持金として公爵家からも出ます。婚約者にドレスや装飾品を贈るのは普通のことですよ」

アルフリード様が手に持っていた本をブラッドソンさんに返しながら「彼女に似合うデザインのものならば何着作っても構わない。普段着に、夜会と外出用のドレスも頼む」とサラリと言う。

「……いや、いやいや、限度がありますよね⁉」

アルフリード様がわたしを見た。

「ミスタリア嬢、あなたは公爵家の私の婚約者になります。そしてそれに見合った装いというものがあります。失礼ながら、そのままでは公爵家の婚約者と言うには少々問題となるでしょう」

思わずわたしは自分のドレスを見下ろした。

……確かに。

公爵家の婚約者と言うにはみすぼらしい。わたしの持つドレスの中では一番華やかだけれど、このお店のどのドレスよりも地味で、流行から少し外れていて、装飾品の類もない。

自分の格好を見て、これでは確かにアルフリード様には釣り合わないし、公爵家の方々と並んでもかなり見劣りするだろうことは簡単に予想がついた。

「……まあ、それは全て建前なのですが」

ついドレスの裾を握ってしまっていた手に、アルフリード様の手が重なった。

「以前も言いましたが、私がミスタリア嬢に贈りたいのです。ドレスも、装飾品も、私の贈った物だけを身につけてほしい。良いものだけをあなたに与えたい。私の贈ったもので美しく着飾るあなたを見たい」

そっと頬に手を添えられて顔を上げさせられる。

「あなたを独占したいのです」

カァッと頬が熱くなる。

アルフリード様はいつも直球だ。

「だから、嫌でなければ拒まないでください」

ほう、とお針子さん達が感嘆の溜め息を漏らす。

僅かに眉を下げて悲しそうな顔でアルフリード様に請われてしまえば、断るなんて無理だった。

「わ、分かりましたっ、分かりましたから！」

その悲しげな表情は反則だ。

わたしが返事をするとアルフリード様の表情はいつもの無に戻った。

わたしの手を握ったまま、アルフリード様が首だけを動かして、ブラッドソンさんを見た。

「そういうことで、装飾品や靴も出してくれ」

「かしこまりました」

お針子さん達が慌しく動き出す。

「では、試着いたしましょう」

ニコニコ顔でブラッドソンさんが言う。

アルフリード様からも期待のこもった眼差しを向けられて、わたしはそれに頷いた。

……ここにわたしの味方はいない……。

でも、試着用のスペースで着たドレスは少し重いけれど、着心地も抜群で、華やかで、そして全てがとても可愛かった。


「うん、これも買おう」

「かしこまりました」

目の前で何度目になるか分からないやり取りが交わされる。

わたしはと言えば、少し疲れていた。

……世の貴族の女性って、ドレスを買う時にこんなに疲れることしてるの？

もう十着以上は試着しているが、アルフリード様はそのほとんどを「買う」と言った。

まさか流れ作業的に言っているのではとも一瞬思ったけれど、中には「このドレスはもう少しフリルを足してくれ」「これは肩が出すぎている。首元のレースを増やせ」と指示もしていたから、どうやら適当に全部流し見しているわけではないらしい。

ドレスの流行なんて知らないわたしは、ただドレスを着ては脱ぎ、着ては脱ぎを繰り返しているだけで、アルフリードさまとブラッドソンさんにお任せである。

ただ、着替えるのは疲れるが、どのドレスも着心地が好いだけでなく、動きやすくて、オシャレで、似たようなデザインが少ない。

……それにしても、これだと毎日着ても余っちゃう。

普段、王城内ではお仕着せで過ごしているので、休日にお出かけでもない限り、ドレスはあまり着ないので、この量のドレスはどうしたら良いのやら。

「あの、置き場がないのですが……」

と、言ってもアルフリード様は気にしなかった。

「一人で着られるドレスがあるので、そちらを何着かミスタリア嬢が持ち、残りは公爵家で保管しておきます。夜会や茶会などは我が家に寄って身支度をしていただくことになりますが、その方が化粧や髪型も整えられて都合が良いでしょう」

つまり、わたしは外出することがある度に公爵家に寄ることになるのだ。

……アルフリード様、凄い……。

そもそも下位貴族の子爵家と高位貴族の公爵家なので、色々と違う部分もあるだろうけれど、まさか自分の家を婚約者のドレスルーム扱いしてしまうなんて。

しかもドレスを試着する際には靴や装飾品なども合わせていて、アルフリード様はそれらも全て購入している。合計金額が一体いくらになるのか怖くて訊けない。

……こんなの初めてで、どうしていいのか分からない……。

イルンストン伯爵令息はドレスや装飾品などを贈ってくれることすらなかったし、こんなに着飾ることもこれまでなかったので、お針子さんやブラッドソンさん、アルフリード様に褒められるとかなりむず痒い。

胸がドキドキして、そわそわして、落ち着かない。

こんな素敵なドレスをわたしが着る日がくるなんて、思ってもいなかったから。

……でも、試着はほどほどがいいなあ。

贅沢な願いかもしれないが、ドレスはコルセットから着替える必要があるので大変なのだ。

これが昼食前で良かった。

食後だったら間違いなく、食べたものと再会していたと思う。

「とりあえず今日はこれくらいにしておこう」

アルフリード様のその言葉にホッとした。

だけど何故か元のドレスではなく、丈の合っていた別のドレスを着せられた。

しかも髪型も整えられて、薄くお化粧まで。

「これなら母や義姉もうるさく言わないだろう」

……あ、そういうことか！

公爵家にご挨拶に行くから、綺麗な装いで行こうということだろう。

色味はやや違うけれど、淡い青色と白のドレスはフリルとリボンがたっぷりあしらわれた可愛らしいデザインだ。

「そうですよね、元のドレスじゃあさすがに公爵家の皆様に失礼ですよね……」

　アルフリード様が首を振った。

「いいえ、そういうわけではありません。……何と言いましょうか、母や義姉は少々口うるさいので『婚約したのにドレス一つ贈らないとは何事だ』と私が叱られるのです」

「……アルフリード様が叱られるんですか？」

「はい、だから私のためと思って着ていただけたら非常に助かります」

　アルフリード様が軽く肩を竦ませた。

　その表情はどこか困っている風で、わたしは小さく吹き出してしまった。

「分かりました。ドレスや装飾品をありがとうございます！　きっと着る度にアルフリード様を思い出しますね！」

　アルフリード様の青い目が和やかに細められる。

「そうであると嬉しいです」

　わたしの元着ていたものは箱に仕舞い、持って帰ることにした。

　買ったドレスはわたしに合わせて調整した後に、公爵家やわたしの下に届けられるそうだ。

　アルフリード様が買ってくれたドレスに靴を履いて、装飾品を身につけて、今のわたしはほぼアルフリード様がくれたもので占められている。

　……独占したい、かあ。

「アルフリード様、アルフリード様」

ブラッドソンさんとお針子さん達に挨拶をして、馬車に戻り、向かい側に座ったアルフリード様の腕を軽く引く。

「何ですか？」

「ちょっとこっちに来てください」

「はい」

動き出した馬車の中で横の座席を叩けば、アルフリード様はこっち側に移動してくれる。

口元に手を添えれば、内緒話と思ったのか耳を寄せてきた。

近付いた横顔にえいやとキスをする。

すぐに顔を離すとアルフリード様がバッとこちらを見た。

アルフリード様の白い肌が赤く染まった瞬間、ぶわっと抱き締められた。

「わわっ？」

そのままギュッと抱き込まれる。

「ミスタリア嬢、今のはずるいです……」

どうするべきか考えて、そっとアルフリード様の背中に手を回して抱き締め返す。わたしよりも大きい体は少し体温が低くて、見た目より実は結構筋肉質で、肩幅もあって、力強い。

……当たり前だけどアルフリード様も男の人なんだよね。

そう思うと鼓動が速くなる。

「わたしもアルフリード様を独占したいです」

抱き締められているのでアルフリード様の顔は見えないけれど、はあ、と悩ましい溜め息が聞こえてきた。

「私はもう、あなたのものですよ」

少し掠れた声は物凄く色っぽかった。

「もっと自覚してください」と囁かれて何とか首を縦に振る。

……アルフリード様の色気がやばい！

わたしの心臓は壊れるのではと思うくらい早鐘を打っていて、それなのにアルフリード様はしばらく離してくれなくて、嬉しさと気恥ずかしさでグルグルする。

結局は嬉しいのだけれど。

わたしの婚約者は色んな意味で凄い人だ。

午前中は服飾店で過ごし、レストランで食事をしてしばし休憩した後にリュディガー公爵家へ向かった。アルフリード様の話ではタウンハウスはそれほど大きくないそうだ。

そのはず、だったのだが……。

「うわぁ……‼」

馬車が停まって降りると、目の前にとんでもない豪邸があった。

王都の中だと言うのに庭もあって、建物も四階建てで、真っ白な綺麗な建物はまるで宮殿かと思うくらい大きくて、門前に使用人達がズラッと並んでいる。

そして先頭に四人、立っていた。

すぐに公爵家の方々だと分かる。

特に中年の男性と若い男性はどちらも金髪に青い瞳で、それでいて、中年の女性はアルフリード様にどこか面差しが似ているような気がした。

若い女性は赤みがかった金髪に金の瞳をしており、恐らく、アルフリード様の義理のお姉様なのだろう。

目が合う前に礼を執る。貴族の礼儀の中に、親しくない間柄では目下の者から目上の者に話しかけてはいけないというのがある。

「ああ、顔を上げてくれ」

低く深みのある渋い声に言われて顔を上げる。

「初めまして、私はウェインツ＝リュディガーだ。アルフリードの父であり、公爵家の当主でもある。こちらは私の妻のディアナ、長男のアーノルド、そしてアーノルドの妻のリュミエラだ」

公爵様が紹介してくれて、全員がわたしに丁寧に礼を執ってくれて、わたしもそれに返した。

「初めまして、リルファーデ子爵家の長女・ミスタリア＝リルファーデと申します。この度はアルフリード様との婚約を認めてくださり、そしてリルファーデ子爵家に手を差し伸べてくださり、ありがとうございます」

今回の婚約で得をするのはリルファーデ子爵家だ。

子爵家への支援に、婚約者の装いなどの費用、わたしの婚約破棄の醜聞を覆すことなど色々あるが、どれもリルファーデ子爵家の利になるものばかりだ。

　頭を下げようとすると公爵様に手で止められた。

「それに関しては気にしないでほしい。息子の婚約者になるのだから、それくらいは当然のことだ。むしろ我々はアルフリードが愛する人を見つけてくれたことが何よりも喜ばしいのだ」

　見上げれば、公爵様が微笑んでいる。

　それを見て、あ、と思う。

……アルフリード様と笑い方が似てる。

　目尻を少し下げて目元を和ませる感じが、その雰囲気が、凄くそっくりだった。

「あなた、こんなところで立ち話ではミスタリア嬢が疲れてしまいますわ」

「そうだな、さあ、中でゆっくり話を聞かせてくれ」

　アルフリード様のお母様、公爵夫人の言葉に公爵様が頷き、促されて歩き出す。

　当たり前のようにアルフリード様がエスコートしてくれて、それを見た公爵家の方々が和やかに微笑んで、想像していたよりもずっとわたしに好意的だった。

　子爵家の娘だからと下に見る様子もない。

　中へ通されたが、建物は外見通り、中も素晴らしかった。

　白い壁に赤い絨毯、どう見ても高そうだけど嫌味のない上品な調度品や絵画、置かれている家具は重厚な木製のもので、玄関や廊下には花が飾られて良い香りが微かにする。

　……こんな広いのに埃一つ落ちてない！

毎日使用人達が綺麗に清掃しているのだろう。

きっと玄関で見た以上に使用人達がいるのだろうけれど、それにしたって、この広さを整えるにはかなりの労力と人手が必要だ。

リルファーデ子爵家のタウンハウスなんて、ここに比べたら小屋と言ってもいいかもしれない。

……ここまで差があると別世界みたい。

羨ましいとか思う以前に、もはや、自分とは関係のない世界のように感じて観光気分である。

歩きながら公爵夫人が庭の話や通りかかった絵の話などをしてくれるので気まずさもなく、しかもその話がまた面白い。

それを聞いているうちに応接室に到着した。

向かい側に公爵様と公爵夫人、アルフリード様のお兄様が座り、斜め前の一人がけのソファーにアルフリード様の義理のお姉様が座り、わたし達は公爵様達の正面にあるソファーに腰かけた。

アルフリード様が横にいて、座った後も手を繋いだままでいてくれるのは緊張が解れてありがたい。繋がったままのわたし達の手を見て、夫人がほほほと笑った。

「まあ、アルフリードったら、本当にミスタリア嬢のことが好きなのね。こんなに誰かにくっついているところを見るのは子供の時以来だわ」

「そうですね、昔を思い出します」

夫人の言葉にアルフリード様のお兄様が頷いた。

それでもアルフリード様は離れなかった。

「母上、兄上、からかわないでください」

アルフリード様の淡々とした言葉に、お二人は全く気にした様子はない。

「ミスタリア嬢、アルフリードとお付き合いしているそうですが、どうですか？　この子はこの通りなかなか感情が表に出ない上に仕事を優先してしまうので、ミスタリア嬢に我慢を強いてはいませんか？」

夫人に言われてわたしはすぐに首を振った。

「いいえ、そのようなことはありません！」

これまでアルフリード様と一緒にいて、何かを我慢したことなんて全くない。

それどころか、いつも、わたしを気遣って、見守ってくれている。

「アルフリード様は優しい方です。確かに少し感情を表に出すのが苦手なのかもしれませんが、よく笑いかけてくださいますし、とてもわたしを気遣ってくださって、今日のこのドレスもアルフリード様に贈っていただいたものです。我慢どころか、アルフリード様はいつも、わたしの願いを叶えてくれるんです」

一度でいいから着飾ってみたかった。

わたしだって女の子なのだ。みんなに「可愛いね」「綺麗だね」と褒められたかったし、目一杯可愛い格好もしたいし、イルンストン伯爵令息と婚約する前は幸せな花嫁に憧れたりもした。

……アルフリード様となら、きっと、幸せだ。

それにアルフリード様は淡々として見えるけれど、その目は真っ直ぐにわたしへ向けられて、ずっとわたしだけを見てくれている。

　言葉でも、態度でも、好きだと表してくれる。

「え、アルフリードが笑ったのですか？」

　アルフリード様のお兄様が驚きの声を上げる。

「はい、こう、目尻を下げて和ませるだけですが。……アルフリード様なりの笑顔ですよね？」

　後半はアルフリード様に問えば、アルフリード様がコクリと頷いた。

　その目が嬉しそうに細められる。

　……うん、やっぱりそうだ。

　これがアルフリード様の感情表現なのだ。

「ミスタリア嬢はアルフリードのことをよく見てくれているのだな」

　公爵様の言葉にニコリと笑う。

「アルフリード様のことが好きなので、つい見てしまうんです」

「ミスタリア嬢……！」

　横からアルフリード様に抱き着かれた。ふわっと軽くなので重くはないけれど、ご家族の前でこんなことをして良いのだろうか。ちょっと気恥ずかしい。

　公爵様とアルフリード様のお兄様が目を瞬かせ、公爵夫人とアルフリード様の義理のお姉様が扇子で口元を隠しながらほほほ、ふふふ、と小さく笑う。

　アルフリード様が凄く喜んでいるのが伝わってくる。

「ですが、本当にわたしがアルフリード様の婚約者で良いのでしょうか？　わたしは婚約も一度破棄されておりますし、子爵家も有力な家ではありませんし、その、わたし自身も地味で貴族のご令嬢らしいとは言いがたいです……」

　言いながら、わたしって全然公爵家に相応しくないなあと思ってしまう。

　わたしを虐めていた人達の気持ちも分かる。

　貧乏な子爵家で、見た目も地味で、お淑やかさはないし、家柄としても公爵家とは釣り合わない。自分よりも明らかに劣る者が、自分が入りたかった場所にいたら、きっと嫉妬するだろう。

　公爵様がゆっくりと首を振る。

「それを選ぶのはアルフリードであり、そしてアルフリードが選んだのは君だ。自信を持ちなさい。それから、我が公爵家は現在力を持ちすぎているのだ。これ以上の権力は望んでいないと示すためにも子爵家との婚約はむしろ丁度良い」

「そうなのですね」

　公爵様の説明に少し安心する。

　夫人がわたしを見た。

「ミスタリア嬢はご自分を地味とおっしゃるけれど、そんなことはなくってよ。私《わたくし》やリュミエラのような派手さは確かにないかもしれませんが、ミスタリア嬢はそもそも、私《わたくし》達とは美しさの方向性が違うのでしょう。これから磨くのが楽しみだわ」

　ほほほ、と夫人が笑った。

……なんだろう、なんか怖い。

笑っているんだけど、目が、わたしの全身をくまなく観察している気がする。

アルフリード様の義理のお姉様も「そうですね、お義母様《かあさま》」と微笑んでいる。

「母上、姉上、ほどほどでお願いします。彼女は慣れていないのですから」

瞬間、キッと夫人がアルフリード様をきつい眼差しで見やった。

「何を言うの、アルフリード。ほどほどなどと適当なことは許しませんよ。磨けば光るのならば磨くべきです。あなただってミスタリア嬢がより美しくなる姿を見たくはありませんか？」

「それはそうですが……」

「何より義理とは言え、私《わたくし》の娘となるのですから、娘の装いを気にするのは母として当然です」

母、という単語にハッとする。

……そっか、結婚したら家族になるんだよね。

三年前に父も母も亡くして、それからは弟と二人で暮らしていたし、ヴァンスとアニーは家族だけど使用人でもある。

父方の祖父はわたしが生まれる前に亡くなっており、祖母は旅に出たっきりと言うし、母方の祖父母は領地がかなり離れているので疎遠だった。

母が病で亡くなった時にやっと母方の祖父母に会ったくらいだったけれど、元々父と母の結婚を良く思っていなかったそうで、それっきり付き合いはない。

わたしにとって血の繋がりのある家族は弟と叔父様くらいのものだった。

イルンストン伯爵令息はあれだったし、イルンストン伯爵家は優しかったしいつか家族になれるかもと思っていたが、結局なれなかった。

もしも母が生きていたら、こんな風にわたしの装いについて気にしてくれただろうか。

……きっと、もっと可愛い服を着なさいって困ったように言ってくれたかも。

「……嬉しいです」

生きていたら、一緒にドレスを選べたのだろうか。

「わたしの両親は三年前に流行病で亡くなったので、ドレスのことなどはよく分からなくて……。お二人に色々と教えていただけたら凄く嬉しいです」

「まあ……」と夫人とアルフリード様の義理のお姉様が言い、それから何度も頷かれた。

「それなら尚更、私《わたくし》達がミスタリア嬢を美しい貴婦人にしなければなりませんわね」

「ええ、ええ、本当に」

「ミスタリア嬢、今度のお休みは是非我が家にいらしてちょうだい。公爵家《うち》で一番腕の良い者達を揃えておきますから」

アルフリード様が小声で「大変なことになりますよ」と教えてくれたけれど、わたしは頷いた。

公爵家の皆様がわたしを家族として迎え入れてくれるのであれば、わたしもそれに応えたい。

「はい、その時はよろしくお願いします！」

それにアルフリード様の横に立っても恥ずかしくないくらいには綺麗になりたいのだ。

「大丈夫よ、私《わたくし》達があなたを誰もが羨む貴婦人にしてみせますわ」

　堂々とした夫人の言葉は不思議な説得力があった。公爵家の方だし、流行にも敏感そうだし、何よりどこからどう見ても凄くオシャレなのできっと大丈夫だろう。

　夫人の言葉にふとアルフリード様のお兄様が言う。

「そういえば、ミスタリア嬢は話題の人と言えばそうですね」

「兄上、それは……」

「ああ、言っておくが『あの魔窟を綺麗にした』という方だ。あの件についても話題に上がるが、最近は氷の貴公子《おまえ》が熱を入れあげている人物としても有名だぞ」

　……話題の人？

「あ、だからよく話しかけられるんですね」

　最近、紫水以外の知らない人からも「ミスリル嬢」と呼ばれたり、挨拶をされたり、たまに話しかけられて雑談することもある。

　あとどこかのメイドさんに「あなたなんて相応しくないわよ！」とか「なんであなたみたいなのが？」みたいなことを言われることもあって、でも、それ以上何かされることもなくて疑問だった。

　……まあ、アルフリード様、別に態度を隠したりはしなかったからなあ。

　見る人が見れば気付いただろう。そうでなくとも、アルフリード様とよく一緒にいたので、わたし達の様子を見かける人は多かったはずだ。

「話しかけられる？　もしや男性にですか？」

アルフリード様がパッと振り向く。

「男性も女性もいます。騎士の方にはよく『どうやって騎士三人を叩きのめしたのか』と訊かれます。説明しましたが、わたしは説明が下手みたいでなかなか分かってもらえなくて」

そう言えばアルフリード様に「ああ、なるほど」と何故か納得されたが、一体どこに納得したのだろうか。

「騎士達がミスタリア嬢と是非一度手合わせしてみたいと言っておりましたよ。私もそう思っています」

「わたしも一度手合わせしてみたいです！」

「ではしてみませんか？　こう見えて私も騎士なので、それなりに戦えると思いますよ」

「そうなのですか？　それでは是非！」

……久しぶりに体を動かせる！

「いけません、怪我をしたらどうするのですか」

アルフリード様に横から止められたので、大丈夫だと、その腕に手を添える。

「お願いです、アルフリード様、絶対に怪我をしないと約束しますから。お願いします！　わたし、最近体を動かせなくてずっとモヤモヤしていたんです。ちょっとだけですから！」

両手を合わせてアルフリード様にお願いする。

騎士様と戦える機会なんてそうそうない。

「でも危険ではありませんこと？　たとえ訓練用の木剣を使ったとしても、当たれば怪我では済まないでしょう?」

夫人の言葉にアルフリード様と、アルフリード様の義理のお姉様もうんうんと頷いている。

…………あれ、言ってなかったっけ?

「大丈夫ですよ。わたし、身体強化が得意で、身体強化中は馬車に轢かれても怪我一つないので!　実際、子供の頃に一度轢かれたので経験済みです!」

「は?」「え?」と公爵家の皆様の声が重なった。

アルフリード様まで固まっていた。

馬車に轢かれても完全無敵。わたしがミスリルと呼ばれる所以の一つである。

ただ、それを聞いた両親には凄く心配をかけてしまったし、母には泣かれたし、珍しく父に怒られたので、もう二度と馬車に轢かれるつもりはないが。

第二章　ミスタリア＝リルファーデ

わたし、ミスタリア＝リルファーデは十八年前、リルファーデ子爵家に生まれた。

堅実で真面目な父と、穏やかで優しい母。家族のように温かく慈しんでくれる使用人や領民達。

元より領民を第一に考えている父の方針で、基本的に裕福とは少し言えない暮らしだったけれど、物凄く貧乏でもなく、穏やかに静かに暮らす分には不自由しない程度の家だった。

わたしは赤ん坊の頃から強かったらしく、興奮するとよく身体強化でオモチャを壊してしまうような子だったという。

それでも父も母も使用人達もわたしを愛してくれたのだろう。

弟が生まれても愛情は変わらなかったと思う。

とにかく、わたしは静かにしていられない子で、使用人達も母も大分大変だったはずだ。

思えば、幼少期から少しずつ前世の記憶が戻っていって、弟に比べたらずっと成長が早かった気がする。

弟のことも「前は一人っ子だったから嬉しい」と感じていたし、それを口に出しても、家族も使用人も弟が生まれる前のことだと勘違いしてくれていたのでわたしが変に思われることもなかった。

子供のわたしは毎日外を駆け回っていた。

まだ上手く魔力が扱えなくて、わたしは屋敷に閉じこもっているとイライラして物を壊して、暴れることもあって、両親はそれならばと外で遊ぶことを許してくれた。

外へ出るようになるとわたしが物を壊すことは少しずつ減っていった。

すぐにはなくならなかったけれど、他の子供達と一緒に遊ぶことで恐らくストレスが発散出来て、人と接する中で力加減というものを覚えていったのだ。

たまに街の子供達に小さな怪我を負わせてしまうこともあったけれど、子供達が遊ぶ中でのちょっとした怪我は全く気にしなかったことも幸いした。

そうして力加減を覚えて、前世の記憶が少しずつ戻ってきたわたしは、屋敷の使用人達や街の人々の仕事に興味を持って、手伝うようになる。

最初、両親は少し渋い顔をしたが最終的には許してくれた。

前世の記憶と言っても日常のふとした時に違和感を覚えたり、他愛もないことを思い出したり、その程度だった。わたしはたまに変わったことを言っていたかもしれないが、みんなは子供のことだからと気にしなかったのかもしれない。

イルンストン伯爵令息とは五歳からの付き合いだ。

領地が隣同士で、結構頻繁に子供同士で行き来していたのだけれど、わたしはどちらの領地でもかなり活発に遊んでいたし、身体強化を使って騎士達相手に木剣を振り回していた。

イルンストン伯爵令息はそんなわたしを見ていたので、きっと女の子として見ること自体が出来なかったのだと思う。

十二歳で彼と婚約するまでのわたしは男の子顔負けのやんちゃな子供だった。

山にも分け入るし、領民達と農作業もして、子供達と朝から晩まで駆け回る日もあれば、使用人達にくっついて掃除をして過ごし、時間があると騎士達に混じって木剣を振って体を動かした。

十歳から貴族としての教育も受けていたが、わたしは覚えることは出来たものの、実践するのは苦手であった。刺繍も人並みだし、詩を作るのはお世辞にも上手くないし、礼儀作法は何度も繰り返してやっと出来るようになったくらいだ。

同じく十歳で勉強を始めたイシルディンの方が物覚えも良くて、何事も弟の方が上手く出来た。

わたしはそれを悔しいとは感じなかった。

むしろ、わたしの弟は天才なのではと思ったくらいで、そこで弟を嫌いにならなかった自分を褒めてやりたいほどだ。

婚約後はそれまで駆け回っていたのをやめて、毎日貴族の礼儀作法や淑女教育を受けて、たまにイルンストン伯爵令息と一緒に騎士達に混じって木剣を振るっていた。

全く体を動かさないのはストレスが溜まるから、騎士達との手合わせだけは許してもらった。

婚約後もイルンストン伯爵令息との仲が特に進展することはなく、きっと、あの頃には嫌われていたのだろう。

婚約から二年の間にわたしは前世を全て思い出したが、だからと言って何かが変わったわけでもなく、毎日穏やかに過ぎていった。

しかしわたしが十四歳の時に領地が大不作に見舞われた。

当時は国全体で不作の領地が多かったらしい。

しかも最悪なことに流行病まで広がって、領民の救済に奔走していた父と母、そしてまだ幼い弟もその病にかかってしまったのだ。病に効く薬を作るには、山の奥深くの谷に自生する薬草が必要で、わたしは使用人達の反対を振り切って飛び出した。

今思えば無謀なことだった。

十四歳の子供がたった一人で獣や魔獣がいるかもしれない森の奥に行くだなんて。

それでもわたしは騎士達の練習用の剣を持って、身体強化を使って一人で山に分け入った。

多分、無我夢中だったのだろう。

山に分け入ってから屋敷に戻るまでのことはよく覚えていない。

使用人の話では、わたしは飛び出して行ってから二日後の夕方に戻って来たのだそうだ。

格好はボロボロで、持っていった袋に目一杯、薬草を詰めて。

それは父や母、弟の分の薬を作っても余るほどで、丁度イルンストン伯爵家から婚約者が病にかかったのだが薬はないだろうかと手紙が届いており、それで婚約者の彼の分の薬も送ることが出来た。余った薬はさほど多くなかったらしいが、それでも、その残った薬で何人かの領民が助かったらしい。

だが残念なことに父と母は重症で、薬を飲んでも回復せず、助からなかった。

魔法があるけれど、治癒魔法は怪我にのみ効くもので、病気や生まれつきの障害には効かない。

イシルディンと婚約者は幸い助かったものの、わたし達は両親と多くの領民を失った。

すぐに駆けつけて両親の代わりに領地の経営を手助けしてくれていた叔父と、幼い弟が、両親の棺に縋って泣いていた姿をよく覚えている。

わたしは葬式では泣かなかった。

両親を失った実感が湧かなかったのもあった。

叔父へ子爵代行を頼んだり、婚約者の見舞いに行ったり、屋敷にいては塞ぎ込んだままの弟を無理やり連れ出して王都のタウンハウスへ居を移したり。

王都の暮らしに何とか慣れようとしつつ、悲しみから抜け出せない弟に苦戦し、やっと弟が両親を喪った悲しみと向き合って受け入れられた頃には気付けば三年が経ってしまっていた。

両親を喪ってわたしも酷く悲しいはずなのに、涙は出ない。

悲しむタイミングを逃してしまったのかもしれない。

そして、婚約者から婚約を破棄された。

わたしと彼との婚約には色々と条件があったのだと知ったのはつい最近のことだ。

それも、もう、わたしには関係のない話になってしまったが。

アルフリード様に贈ってもらったドレスから、乗馬服に着替える。アルフリード様が子供の頃に着ていたものだそうで、袖や裾が少し余ったので折り返したが、きっと成長が早かったのだなと想像がつく。

……ある意味ではこれで良かったのかも。

元婚約者と結婚してもお互い幸せにはなれなかっただろうし、結婚後もギスギスした関係で、長続きはしなかっただろう。彼にも心から愛する人が出来たのだし、わたしにも今はアルフリード様がいて、結果的にお互い想い合う相手と結婚出来る。

イルンストン伯爵家に痛手があるのは少し申し訳ないけれど、選んだのは元婚約者だ。

「まあ、よくお似合いです」

髪も後頭部の高い位置で一つに括る。

身支度を手伝ってくれた公爵家のメイドさんが褒めてくれて嬉しかった。

「ありがとうございます」

その場で試しに膝を曲げたり伸ばしたり、腕を振ってみたりしたが、特にどこかがきついとか、動きにくいということもない。

……これなら問題ないね！

部屋の外に出ると待っていたアルフリード様が、壁から背を離してわたしを見た。

「……懐かしい服ですね」

それに頷き返す。

「アルフリード様の子供の時の乗馬服だそうです」

「なるほど。……そういう服装のあなたも素敵ですね。思っていた以上に凛々しくて、格好良い」

「ありがとうございます！　見かけ倒しにならないように、頑張りますね！」

メイドさんに案内されて、アルフリード様と一緒に訓練場へ向かうことになった。

◇◇◇

弟の婚約者が懐かしい服を着て訓練場へ来た。

あれは弟の昔の乗馬服だったはずだ。

それでも少し大きいようで袖や裾が折り返されていたが、髪を一つに束ね、動きやすい格好をした弟の婚約者は意外とそれが似合っている。

今回は話題の人である彼女の腕を確認するのと同時に、彼女がどれほど強いのかを知りたかった。それに身体強化をどの程度扱えるのかも。

もしも本当に、とても強いとしたら、それは公爵家にとっても王家にとっても、そして弟のアルフリードにとっても良いことである。

弟がその身に宿す呪いは、時にアルフリードの望まない結果を生んでしまうこともある。

特に気が高ぶったり、あまりに感情が強くなったりした際に、アルフリードはドラゴンの呪いのせいで、人並み外れた力が現れる。

今は本人が感情を抑えているが、婚約者が出来てからは以前よりも感情の揺れが大きくなった。

いずれ、呪いについて説明することになる。

しかし、もしかしたら予期せぬことでそれが現れてしまうかもしれない。

そうなった時、たとえば彼女が身体強化である程度自分の身を守れる人であれば、アルフリードも彼女も傷付かずに済むだろう。

……それに興味もある。

騎士をあっという間に三人も叩き伏せた実力も見てみたい。

弟の婚約者は何やら軽く体を動かしている。

「本当にやるのですか？」

アルフリードが婚約者に問う。

彼女は明るい笑顔で頷いた。

「やります！　わたしに怪我を負わせた人はこれまでいなかったので、大丈夫です！」

……先ほどの言葉は事実なのだろうか。

馬車に轢かれても怪我を負わなかったという話。あれが本当であれば彼女はとてつもなく頑丈で、そして国でも有数の身体強化使いと言えるだろう。

こちらが木剣を握ると弟の婚約者が振り返る。

「よろしくお願いします！」

貴族のご令嬢にしては元気が良くて、騎士であれば好感の持てるハキハキとした明るさだ。

彼女も手には木剣を持っている。

「こちらこそ」

それぞれ訓練場の中央に出て、そこで互いに向かい合い、構える。

弟の婚約者から感じる魔力が小さくなる。恐らく身体強化を使用し始めたのだ。

構え方は騎士達が習う基本の型の一つだった。

父が進み出て、両者の準備が整ったことを確認すると静かに手を上げた。

「――……始めっ‼」

その手が振り下ろされた瞬間、彼女が走り出す。

――……速い‼

走るというより、もはや跳躍に近い。そこそこ距離があったはずなのに、小柄な彼女が僅かに
三度、足をつけただけでもう目の前に迫る。

下から振り上げられた木剣を防ぐ。

カァーンと気持ち良いほどの音がした。

その細い腕が振り上げたそれは思ったよりも勢いがある。

その場で一拍、せめぎ合う。

こちらが勢いをつけて弾けば、あっさり引いた。

「今のが本気ですか？」

そう問えば、彼女が首を振る。

しかし目はこちらを見据えたままだ。

「いいえ、これから段階的に上げていきます！」

答えた彼女は嬉しそうだ。

「一気に上げてくれても構わないですよ」

彼女の実力が見たいのだ。

それに彼女がキョトンとし、そして笑った。

「分かりました！　巻いていきます！」

そして、今度は駆け出した。

真っ直ぐ向かってくるところに性格が透けて見える。

真っ向から振られる剣に構え、受け止める。

ガツンと先ほどよりもずっと強い衝撃が腕に伝わり、僅かに腕が押された。

それが二度、三度と襲いかかってくる。

これは受け止め続けるべきではない。左右へ受け流すが、驚くべきことには、鍛練を積んだ騎士並みの威力を小柄な彼女が片手で繰り出している。

彼女の型はどれも基本的なものばかりだ。

だが、まるで線の上をなぞるように正確で、この動きは一朝一夕で身につくものではない。

きっと、子供の頃から木剣を握っていたのだろう。

剣を振るいながらもその目が真っ直ぐにこちらを射抜き、片時も視線が逸らされない。

……なるほど、これはなかなかだ。

試しに深く踏み込み、突きを繰り出せば、彼女は後ろへ倒れるようにそれをギリギリで躱した。

しかもそれで後ろへ体勢を崩して倒れることがなく、流れるようにそのまま地面へ手をついて、くるりと回って距離を取る。かなり身軽だ。

「もう一段上げてもいいですか⁉」

おまけにまだ本気ではないと言う。

……面白い。

「好きなだけ上げて来なさい」

木剣を上段に構えればニコリと彼女が笑う。

そして跳躍した。

……速さも上がった！

考えるよりも先に体が反応する。

振り下ろされた木剣と、構えた木剣がぶつかり、高く大きな音を立てる。

ビリビリと腕が痺れるような感覚があった。

自分よりも大柄な人物を相手にしているようだ。

何度もそれを受け流し、たまにこちらも反撃するが、剣の実力はそれほど高くはない。

とにかく威力があり、剣を振るう持久力もある。

何より驚いたのは身体強化の使い方だ。普通は体力の底上げや能力の向上に使われることが多い身体強化だが、彼女の場合、それだけでなく、文字通り頑丈さも備わっているのだ。

木剣を当てても金属を打ったように硬い。

そして全く痛がる様子がない。

攻撃をしても一切通じていない様子だった。

あの騎士達が一瞬で叩きのめされた理由が分かる。

貴族の坊ちゃん騎士達では歯が立たないだろう。

それどころか並みの騎士でも、相手をするのは難しいかもしれない。

……まさしくミスリルという愛称が相応しい。

硬く、強靭で、魔法がよく馴染むミスリル鉱そのものだ。

そんなことを考えていると、彼女が唐突に飛び退き、片手から両手に木剣を持ち直す。

「全力で行きます！」

その構えに、こちらも木剣を握り直す。

「来なさい」

そして、風が吹いた。

とっさに体が動く。無意識だった。

本能が受けるなと警告を上げた。

同時にドゴォッ、バキィッと二つの音が響き渡る。

左に避けたため、彼女の木剣は目標を失って、アーノルドを通り過ぎて地面に叩きつけられた。

「……うそ……」

母の呟きが酷く大きく聞こえた。

彼女の振り下ろした木剣は折れ、地面がまるで重たい物が落ちてきたかのようにへコんでいた。

……受けていたら木剣が折れる程度では済まなかったかもしれない。

それだけの強さで振り下ろした腕は微塵も動かない。

シンと静まり返った中で、弟の婚約者がパッと体を起こす。

「すみません、木剣を折ってしまいました！」

「ごめんなさい！」と頭を下げられて空気が一気に緩む。

それに何とか「いえ、それは大丈夫ですよ」と返したが、自分の目を疑ってしまう。

木剣でこれほど地面を抉るなんて普通は無理だ。

「久しぶりに全力を出したせいか、勢いがつきすぎてしまって上手く振れませんでした……」

恥ずかしそうに首の後ろに手を当てている。

「……君は全力を出さない方がいいでしょう。人と試合を行う時は、出来れば、最初に打ち合ったくらいに抑えた方が良いと思います」

「そうですね、わたしもそう思います！　全力を出したら色々と壊してしまいそうですし」

物を壊す以前に、人を殺しかねない。

「それにしても、さすがですね！　わたし、こんなに長く打ち合えたのは初めてで、凄く嬉しいです！　感動しました‼　今日はありがとうございます‼」

これほどの力ならば、確かに、長く打ち合える者はいないだろう。

ほとんどは最初の一撃で終わる。

木剣が折れたために勝敗はつかなかったが、アーノルドは自分の負けだと感じたのだった。

◇◇◇

「公爵家の皆様が優しくて良かったです！　それにアルフリード様のお兄様、凄く強くてビックリしました！」

帰りの馬車の中でミスタリア嬢が嬉しそうに話す声を静かに聞いていた。

確かに今日のリュディガー公爵家の面々はいつにもまして穏やかであった。

元々優しい人達だけれど、誰にでもそうというわけではなく、事前に調査が行われてそれを確認した上で認められたからこそなのだ。

たとえ自分が好きになった相手でも、もし問題のある人物だったなら婚約は許されなかっただろう。そういう意味ではミスタリア嬢のこれまでの行いの良さのおかげとも言える。

「あの兄と引き分けだったことには驚きました。兄は騎士の中でもかなり強い方なので、そんな兄と互角に戦えるミスタリア嬢は本当にお強いですね」

アルフリードの兄はいずれ公爵家を継ぐ予定だが、それまでは父の仕事を手伝い、覚えつつ、騎士として王城で働いている。

そして兄は騎士の中でもかなり腕が立つ。

次期公爵でありながら、その腕を買われて近衛騎士になるほどだ。

だが、強いことは良いことでもある。

……もしも私が暴れた時、ミスタリア嬢くらい強ければ自衛が出来る。気を付けていても、いざという時に感情の揺れが大きくなったり動揺したりして、呪いが表に現れて、望んでいなくともミスタリア嬢を傷付けてしまうかもしれない。

しかしミスタリア嬢ならば、もしも呪いで多少力が出てしまっても怪我は負わないだろう。

今日の試合を見て、そのことに一番安堵した。

「そうなんですか？　アーノルド様、確かに子爵家《うち》の領地の騎士よりもずっとお強かったです！」

思い出したのか楽しそうに両手を合わせて話していたミスタリア嬢が、不意に「あ」と何かに気付いた様子で声を上げた。

「あの、アルフリード様は嫌ではありませんか？　こんな男勝りな女が婚約者で……」

不安そうに問われてアルフリードは頷いた。

「いいえ、全く。むしろ誇らしいです。私の婚約者はただ可愛いだけではなく、強く、自分や誰かを守れる人なのですから」

銀灰色の頭を撫でれば、ミスタリア嬢の暗い紫の瞳がキラキラと見上げてくる。

その目が「本当に？」「嘘じゃない？」と問いかけてくるように感じられて、更に言葉を続けた。

「ミスタリア嬢は今のままでいいのですよ。無理に淑女らしくしなくても、強さを隠さずとも、そのままのあなたが好きです。それに私は魔法が得意ですが剣はあまり強くはないので、剣の強いミスタリア嬢がいてくださった方が、釣り合いが取れると思いませんか？」

その言葉に彼女が目を丸くする。

それから「ふふふっ」と笑った。

「なるほど、魔法の強いアルフリード様と剣の強いわたしが一緒にいたら、丁度良さそうですね！」

「でしょう？」

「きっとわたし達なら向かうところ敵なしですよ！」

ミスタリア嬢が両手の拳を握り締める。

それにまた頷き返した。

……まあ、あれだけ強いと魔法なんて必要ないと思うけどね。

いくら強い魔法が扱えても、相手に当たらなければ意味がない。身体強化で動くミスタリア嬢に魔法を正確に当てるのはなかなかに難しいだろう。

自分がミスタリア嬢と戦ったとしても、負けない自信はあるが、勝てる自信もない。

彼女が騎士にならなくて本当に良かったと思う。あれだけ腕が立つならば騎士になった方が給金は高いだろうが、そうなれば剣を捧げなくてはならず、それは少し嫌だった。

ミスタリア嬢がその身を危険にさらしてでも王族を助けなければならない状況になった時、彼女は多分、躊躇いなく王族を守ろうとするだろうし、全力で戦うだろう。

命を落とすかもしれない職に就いてほしくない。

彼女には、笑顔で働ける安全な場所にいてほしい。

それが自分のそばであったなら、もっと良い。

「そうですね、でも、私はそういった状況になってほしくはないので、ミスタリア嬢には今の職のまま、穏やかに過ごしていただきたいです」

素直にそう伝えればミスタリア嬢も頷く。

「危ない状況は嫌ですね。私はただの使用人だから、そういう状況にはなりたくありません」

「まあ、もしそうなったとしても私がすぐにミスタリア嬢の下に駆けつけます」

ミスタリア嬢が嬉しそうに笑った。

「きっとその時のアルフリード様は凄く格好良いでしょうね！」

自分より小さな手を優しく、けれど少しだけ強く握った。

ミスタリア嬢ならば危険な状況に陥っても恐らく自力で何とかなるのだろう。

それでも、そうだとしても、彼女を守りたいと思う。

……色んな意味で最強な婚約者だけど。

「あなたを守るのは婚約者である私の役目ですからね」

繋いだ手にそっと口付ければ、彼女の顔が赤くなる。

自分にとっては可愛い婚約者である。

◇◇◇

王城に戻る前に、アルフリード様に「寄るところがあります」と言われて身構えてしまった。

もしかしてまた服飾店ではと思ったのだ。

別にドレスを選ぶのも、試着も、大変だけど嫌いではない。

しかし限度というものがある。

……これ以上は本当に困る！

しかし馬車を降りて見れば、到着したのは宝飾店だった。

アルフリード様にエスコートされながら店内に入ると、すぐに店員が近付いて来る。

「いらっしゃいませ、アルフリード様、お嬢様。お待ちしておりました。ささ、どうぞこちらへ」

そうして個室に通された。

ソファーに座ると、テーブルの上には既にいくつもの箱が並べられていた。

「本日は指輪をご所望だとお伺いいたしましたが……」

「ああ、先日彼女、ミスタリア＝リルファーデ子爵令嬢と婚約したので、その記念品の指輪を選びに来た」

「そうでしたか！　それはおめでとうございます！」

店員の男性がニコニコと笑顔で祝福してくれたので、わたしも嬉しくなって「ありがとうございます」と返した。

アルフリード様との婚約を祝福してもらえるのが一番嬉しい。

ニコニコしながらも店員の男性が箱を開けていく。

「お二人はどのような指輪がよろしいのでしょうか？　お望みの色や材質などがございましたら、そちらもお持ちいたします」

差し出された手袋を受け取り、手にはめる。

アルフリード様も同様に手袋をつけている。貴金属と宝石なので、直に触ってうっかり傷を付けたり、手の汚れなどで金属をくすませたりしないためだ。

箱の中には色々な指輪が並んでいる。

それを眺めてふと気付く。

……全部デザインや色がバラバラだ。

「あの、わたし、装飾品に詳しくないんですが、婚約指輪というのはデザインがバラバラなのですか？」

店員の男性が小首を傾げた。

「と、おっしゃられますと？」

「たとえば同じ匠のものや、同じ宝石や材質を使ったものなど、一目で対になっていると分かるようなものが欲しいんです。……その、わたしとアルフリード様が婚約しているとすぐに分かるような……」

少し気恥ずかしかったが、それでも同じデザインもしくは同じ宝石や材質のものが欲しかった。

「揃いですか……」

ふむ、と店員の男性が考える仕草をする。

それに勢いのまま言葉を続けた。

「ほら、揃いのものを着けていた方が仲の良さも分かりますし、相手と同じものがそばにあったら寂しくないですし、特別感がありませんかっ？」

「それは良い考えです」

アルフリード様がわたしの左手を取る。

私よりも大きな手が薬指に触れた。

「ここに私と揃いの指輪をはめたあなたはきっと、とても素敵でしょう。指輪を通して私達はいつでも繋がっていられるということですね」

アルフリード様の言葉に店員さんが「なるほど」と頷いた。

前世のイメージで、恋人や夫婦の指輪と言うと同じデザインのものが主流だけれど、この世界にはそういうものはないらしい。訊いたところによると、お互いが気に入ったものを贈り合ったり、選んだりして身につけるようだ。

「そういうことでしたら、似たものをお持ちいたします。少々お待ちいただけますか？」

店員さんの言葉にわたし達は頷いた。

そうして店員さんが部屋を出ていくと、アルフリード様に抱き寄せられた。

「わ、アルフリード様っ？」

長い腕に抱き締められる。

「同じものを着けていれば寂しくないということは、私と離れている時に寂しいと思ってくださっているのでしょうか？　そうだとしたら、嬉しいです」

耳元で囁かれると、くすぐったくて、気恥ずかしくて、でも嫌じゃないから抵抗出来ない。

つい首を竦めてしまう。

「そ、そうです、でも、だって、好きな人と離れていたら寂しいですよね……？」

……アルフリード様は違うの？

違ったら悲しいなと思って見上げれば、アルフリード様が抱き締めたままわたしの頭を撫でた。

その手つきはとても優しいものだった。

「ええ、離れていたら寂しいです。離れている時はよくあなたを思い出してしまいますよ」

「私も！　私もアルフリード様のことが気になってしまいます！　やっぱりそうですよねっ？」

「もちろんです」

……わたしだけじゃないんだ！

アルフリード様に告白をされてから、ずっと、わたしの中にはアルフリード様がいる。

もしかしたら、そのもっと前からそうだったのかもしれない。

何かをしていても、集中が途切れた時、ふっとアルフリード様のことを思い浮かべてしまう。

アルフリード様もそんな風にわたしのことを考えてくれたら、凄く幸せだなと思う。

「……嬉しい」

頬を撫でられた。

「私も嬉しいです」

そうして互いに笑い合っていると扉が叩かれた。

アルフリード様が少し残念そうにわたしを抱き締めていた手を解いて、わたしも少し残念な気持ちで体を離す。

ややあって扉が開かれた。数名の店員さん達が入ってきて、持ってきた箱をテーブルに置き、元あったものを下げて出て行く。最初にいた店員さんだけが残った。

「どうぞ、ご覧ください」

言われて、箱を覗き込む。

……あ、似てる、かも？

並べられた箱の中にある指輪は、横に並べられた箱の中の指輪と似た意匠だったり、同じ宝石や材質の貴金属が使われていたり、わたしが説明した通りのものばかりだった。

アルフリード様が指輪を手に取って眺めている。

どれも高そうで、わたしは手に取らずに、見るだけに留めておいた。

うっかり落としたら大変なことになる。

「ミスタリア嬢、これはいかがですか？」

アルフリード様が差し出した指輪を見る。

「うーん、宝石が大きすぎませんか？　普段使うことを考えたら宝石は小さめがいいかなって」

「ああ、そうでしたね」

　納得した風にアルフリード様は頷き、あっさり指輪を箱へ戻した。

　それから別の箱を見て、指輪を手に取る。

「では、こちらは？」

　次に差し出されたのは細身の指輪だった。

　銀色の蔦に紫の小さな宝石が連なって、中央には大粒の同色の宝石がある。華美さはないけれど、上品で、可愛くて、綺麗だ。仕事中でも邪魔にならなさそうだし、宝石もあまり出っ張っていないから引っ掛ける心配もなさそうである。

　それに良く見れば、この指輪、多分ミスリル鉱を使っている。

「これはお目が高い！　そちらはリルファーデ子爵領で採れた貴重なミスリル鉱を使用した指輪でございます。軽く、頑丈なので、日常でお使いいただいても壊れませんし、美しい銀色はお嬢様の髪色に非常によく似ていらっしゃいます」

　店員さんの言葉にアルフリード様が頷いた。

　そしてわたしの手袋をはめた手に指輪を通す。

　少々大きいのは、わたしが小柄なせいか。

　そしてアルフリード様がもう一つ指輪を手に取り、今度は自分の手袋をつけた左手に通した。

　そちらも金を使用しているが、同じ蔦のデザインに、紫の宝石が同様に配置されていた。

「宝石、青ではないんですね」

青だったらアルフリード様の髪と瞳の色なのに。

しかしアルフリード様が目尻を僅かに下げた。

「私にとって紫は特別な色です。私を受け入れてくれた紫水の色であり、あなたの瞳の色でもありますから、青より紫の方が良いのです」

「わたしは青も好きです。……でも、この紫も綺麗で好きです」

言いながら、指輪をはめた手を二人並べる。

同じデザインで土台はお互いの髪の色。

宝石は二人の出会った紫水の色と考えたら、かなりロマンチックで素敵だ。

「いいですね、この指輪」

アルフリード様の言葉に頷いた。

「わたしもいいと思います」

「ええ、これにしましょう」

二人で頷き合うと、店員さんが「お買い上げありがとうございます」と頭を下げた。

一度指輪を外して箱へ戻す。本当はそのまま持って帰りたいくらいだけれど、わたしの指輪のサイズを調整してくれるそうだ。アルフリード様の方は調整の必要はないらしい。

けれどもアルフリード様も持ち帰らなかった。

「調整が済んだら私のところへ届けてください。彼女には私から渡しますので」

「かしこまりました」

挨拶をして、お店を出て、馬車に乗る。

「アルフリード様、指輪を買ってくださり、ありがとうございます。今日はドレスや靴、装飾品まで買っていただいたのに……」

アルフリード様の指がわたしの唇の前でスッと止まる。

唇には触れなかったけれど、ギリギリの距離だ。

「以前も言ったでしょう？」

前にアルフリード様が言っていた言葉を思い出す。

贈り物は笑顔で受け取ってほしいという、あれだ。

わたしは続きかけた言葉を呑み込み、わたしに出来る精一杯の笑みを浮かべた。

「贈り物、凄く嬉しいです！　ずっと大事にしますね！　ありがとうございます、アルフリード様！」

喜びを表現するために抱き着く。淑女としては、はしたないかもしれないが、これがわたしなりの一番喜びを表現出来る方法だった。

「はい、喜んでいただけて嬉しいです」

青い瞳が嬉しそうに細められる。

「ところで、どうしてアルフリード様は指輪を持って帰らなかったんですか？　調整は要らないんですよね？」

わたしの質問にアルフリード様が言う。

「せっかくなのでミスタリア嬢の指輪の調整が済んでから、一緒に使いたいですから」

……わたし、きっとこの先もアルフリード様には勝てないだろうなあ。

だって、こんな殺し文句を平然と言っちゃうのだ。

だけどそれを心から喜んでいるわたしがいる。

アルフリード様はわたしを喜ばせる天才だ。

第三章　婚約発表

リュディガー公爵家にご挨拶に行ってから五日後、アルフリード様のところに指輪が届いた。

朝、食堂へ行ったらアルフリード様がいた。

早くに来てわたしを待ってくれていたらしい。

「これを早く届けたかったのです」

そう言って、小さな箱を開けて見せてくれた。この間一緒に選んだ指輪だった。

「もう調整が済んだんですね」

「ええ、急いでくれたようです」

アルフリード様が言いながら、箱から指輪を取り出した。

「左手を」と言われて左手を差し出せば、薬指にアルフリード様がその指輪を通してくれる。

わたしの指にぴったりと通されたそれは凄く綺麗で、わたしは思わず窓から差し込む光に翳して眺めた。

そうしてアルフリード様がもう一つ箱を取り出した。

「アルフリード様、わたしにさせてください」

アルフリード様が僅かに目を丸くした後、頷いた。

差し出された箱からアルフリード様の分の指輪を取り、目の前に出された左手をそっと握る。

わたしよりも大きな手の、筋張って長い指を見る。

ゆっくりと慎重に薬指に指輪を通した。

「ありがとうございます」

顔を上げると青い瞳が和やかに細められている。

二人で左手を並べて見下ろした。

「やっぱりお揃いの指輪、いいですね！」

「ええ、揃いのものにして良かったです」

これなら離れていても寂しくない。指輪を見れば、アルフリード様との繋がりを感じられるし、婚約者になったのだなという実感が湧いてくる。

……わたしが婚約指輪かぁ。

イルンストン伯爵令息と婚約破棄した時、もう無理かもしれないなと思っていたけれど、アルフリード様のおかげでこうして婚約指輪をはめる機会が得られたことがとても嬉しかった。

相手がアルフリード様というのも重要だ。

好きな人と婚約することがこんなに嬉しくて幸せなことなのだと知ることが出来た。

「ありがとうございます、アルフリード様」

アルフリード様はまるで幸運の神様だ。

いつもわたしに幸せを運んで来てくれる。

◇◇◇

ミスタリア嬢の願いで選んだ指輪。

同じ意匠と宝石を使用した、揃いの指輪だ。

仕事中ふと集中が途切れた時に、ついそれを眺めてしまう。

自分のものは金の台座に紫の宝石が並んでおり、中央に他よりやや大きい同色の宝石が鎮座しており、台座は蔦を模している。派手さや華美さはあまりないが、シンプルながらも品の良いものだった。

これならば普段使いにも良く、夜会や茶会でつけても恥ずかしいというほど地味でもない。

それに目端の利く者が多い貴族達ならば、二人の指輪が揃いのものだと気付くだろう。

そっと指輪に触れる。

……確かに、繋がっている気がする。

ミスタリア嬢の言う通り、何となく彼女がそばにいてくれているような、そんな気持ちになる。

なるほど、彼女が揃いのものをと望むわけだ。これはなかなかにクセになる感覚だ。

「アルフリード君、それってもしかしなくても婚約指輪～？　ミスリルちゃんのとよく似てるよね～？」

メルディエル士団長の言葉にアルフリードは頷く。

「はい、先日一緒に選んで購入しました」

「一緒に？　いいね～、デートしたの？」

「ミスタリア嬢が我が家に挨拶に来てくださったので、その後にです」

「ああ、そういうことか～。懐かしい。僕も妻と結婚する時に、妻の実家に挨拶に行ったけど緊張したな～」

　それに一度目を瞬かせた。

……この人でも緊張することなんてあるのか。

「メルディエル士団長でも緊張するんですね」

　ウェルツ副士団長が代弁してくれた。

「そりゃあするよ！　妻の家族だよ？　もし反対されて結婚出来なかったらって思うと、出された紅茶の味も分からないくらいだったんだから～」

……ミスタリア嬢もそうだったのだろうか？

　考えてみて、いや、そうでもなさそうだなと思う。

　出された紅茶も「凄くいい香りですね」と言っていたし、共に出された菓子も「こんな美味しいお菓子初めてです！」と感激しながら食べていて、何を見ても目を輝かせていた。

　彼女が帰った後、母と義姉《あね》が「あんなに喜んでくれて良い子ね」「あれはお世辞ではなかったですわね」と話していて、父にも「また連れて来なさい」とも言われ、どうやらミスタリア嬢は無事、我が家の者達に好かれたようだ。

ミスタリア嬢の素直さは貴族では珍しい。

自分が好ましいと思ったように、公爵家の皆もそう感じてくれたのは嬉しかった。

兄は「騎士に欲しいな」と言っていて、第三王子に言った言葉をまた繰り返すことになったが。

「ミスリルちゃんはどうだった～？　やっぱり公爵家へご挨拶ってなると緊張してたでしょ～？」

思い出して目を細めた。

「最初は少し緊張していたようでしたが、それほどではなかったと思います。出した紅茶や菓子もしっかり食べていましたし、兄と木剣で試合をして、とても楽しんでいた風でした」

メルディエル士団長が顔を上げた。

ウェルツ副士団長も手を止めて、二人が互いに顔を見合わせた。

「え、アルフリード君のお兄さんって近衛のアーノルド様だよね？」

「ええ、そのはずですが……」

視線を向けられてアルフリードも頷いた。

「はい、兄は近衛騎士に所属しております」

「そのお兄さんとミスリルちゃんが試合したの？　何それ面白そう～！　どっちが勝ったの⁉」

よほど気になるのかメルディエル士団長が椅子から立ち上がり、身を乗り出した。

「ミスタリア嬢の木剣が折れてしまい、引き分けでした。ですが、もしも兄が彼女の剣を受けていれば、負けたのは兄でしょう」

「……そんなにミスリルちゃん、強かった？」

「強いと言いますか、あれは、そう、身体強化による暴力と申しましょうか。……訓練用に固められた地面が木剣で抉れるほどの力だったと言えば想像がつくかと」

メルディエル士団長とウェルツ副士団長が一瞬、押し黙った。

恐らく想像したのだろう。

あの細身で小柄な彼女から、そんな力が出るとは思いもよらないが、それが事実なのである。

正直に言うと、ドラゴンの呪いでアルフリードが暴れたとしても、彼女ならば押さえつけられる気がする。

「あれを正面から受けたら腕が折れたかもしれません。いえ、それで済めば良い方だと思います」

騎士三名をあっと言う間に叩き伏せたことが噂になっているが、彼女の本気を見た後では、あれは彼女にとって戦いですらなかったのだろうと分かる。

彼女が本気を出していたとしたら、騎士達は打撲程度では終わらなかったはずだ。

状態固定された扉を壊せると言ったのも冗談ではなく、身体強化を行えば、きっと彼女は難なく固定された扉を破壊出来る。

「じゃあ、あの騎士達の件はかなり手加減していたんだね〜」

「ええ、恐らくは。身体強化した彼女を本気で人と戦わせたら、間違いなく殺してしまいます。本人も少なからず自覚しているから、普段は抑えているのでしょう」

しかも彼女は体を動かすことが好きらしい。

本気を出せないのはつらいかもしれないが、とてもじゃないが、人と戦うのは勧められない。

「ミスリルちゃんは色々な意味で強いね～」

メルディエル士団長の言葉にウェルツ副士団長が頷き、自分もそれは否定出来なかった。

彼女は心身共に強靭だ。

魔力内向者で魔法はほぼ使えないけれど、それでも、木剣を当てられても全く衝撃を受けていなかったので、もしかしたら魔法もあまり通らないかもしれない。

……私の婚約者は本当に凄い子だ。

ミスタリア嬢は公爵令息《アルフリード》に自分が釣り合うかどうかを気にしているようだったが、むしろ、こちらの方が彼女に釣り合うために努力しなければいけないと思う。

少なくとも彼女は自分よりも剣の腕は強いだろうし、実戦でもこちらが魔法詠唱をしている間に距離を詰められて一瞬で勝敗がつくだろう。

しかし、それに劣等感や拒否感はない。

強い彼女を尊敬する。

そして、そんな彼女だからこそ守りたいと思う。

「私ももっと強くなりたいです」

メルディエル士団長が笑った。

「だったら今度、アルフリード君も紅玉とか騎士達の訓練に参加させてもらったどう？　第二王子殿下とガルフェウスがミスリルちゃんの話を聞いて『実力を見てみたい』ってうるさいんだよね～」

「一応ミスリルちゃんの返事次第ってことにしたけど」と言われて考える。

ミスタリア嬢なら喜んで参加しそうである。

女性騎士や魔法士もいるが、騎士ならば断然、男が多い。

そこに婚約者を一人で行かせるのは良い気分ではない。

彼女の心を疑っているのではなく、騎士達がミスタリア嬢に惹かれないかが心配なのだ。

何せ彼女はあの通り、明るく、優しく、素直で、誰に対しても同じように接するため、人から好かれやすい。そうして同時に妬みの対象にもなりやすい。

「そうですね、私もその時には参加します」

彼女はきっと気にしないから。

その分、自分が気にかけてやりたい。

◇◇◇

仕事中、つい、何度も左手を見てしまう。

だってアルフリード様とお揃いの指輪なのだ。

……しかも婚約指輪！

それはもう、わたしからしたら幸せを具現化したようなものという感じである。

こんな素敵な指輪が、それも婚約指輪がわたしのものだなんて、これは夢かと思ってしまう。

「……でも、夢じゃないんだよね」

左手を撫でれば、確かにそこに指輪がある。

清掃中、部屋を担当している魔法士の皆さんから指輪についてかなり訊かれた。

誰から贈られたのかとか、恋人がいたのかとか。

アルフリード様との婚約は隠していないので、わたしはきちんとアルフリード様と婚約したことを説明したら、皆さんは祝福の言葉をかけてくれた。

中には「やっぱりそうだったか」と言う人もいて、どうやらわたし達のことは周りに筒抜けだったらしい。ちょっと気恥ずかしいけれど「良かったですね」と言われてわたしは強く頷いた。

もしもあのままイルンストン伯爵令息と結婚していたら、こんなに大事にしてもらえることはなかっただろう。

それに好きな人と婚約して、いずれ、結婚するという喜びも知らずにいただろう。

……そういえば、彼はどうしてるのかな？

元婚約者をふと思い出した。婚約期間中、婚約者らしいことは全くしていなかったが、だからと言って何も感じないわけではない。

……わたし、多分、目を背けてたんだなあ。

イルンストン伯爵令息に婚約破棄を言い渡されて、自分では平気なつもりだったけれど、今思えば仕事を探すという目標を作って自分の感情から目を逸らしていたのかもしれない。

今更になって、婚約破棄されたあの時、わたしは傷付いていたのだと気が付いた。

アルフリード様と出会って、こうして婚約者になれて、喜びを感じるのと同時に『婚約破棄された』ことをずっと負い目に感じていた。

だから誰かと結婚なんて無理だと思っていた。

その傷を、アルフリード様が癒してくれた。

今はもう悲しくもつらくもない。

イルンストン伯爵令息に会っても心から笑顔で話せるだろう。

……あっちも好きな人と結婚するし、うん、やっぱり婚約は破棄して良かったんだ。

そういえば、魔法士達はわたしの結婚のことを気にしていた。

「結婚したらミスリル嬢は仕事を辞めてしまわれるんですか？」

と、心配したらしい。

「いいえ、結婚してもここで働きます！　アルフリード様とも、ご実家の公爵家とも、そういうことで話をしてあります！」

そう返せば、皆さん安堵した様子だった。

わたしのことを必要としてくれて嬉しい。

皆さんのためにも、今後も真面目に仕事を頑張ろうと思える。

……それに職場でも婚約者と会える！

指輪があるから寂しくないものの、だからと言って、アルフリード様がいなくても大丈夫というわけでもなくて、会いたいものは会いたい。

わたしに告白してくれた後、アルフリード様が朝食や夕食に付き合いたいと言い出した気持ちが分かる。好きだから、少しでも一緒にいたい。

でも、一緒にいると時間があっと言う間に過ぎてしまって、離れている時間が長く感じる。

……結婚したら、同じ家に住むのかな？

そうだとしたら早く結婚したい、なんて思ってしまうのは欲張りだろうか。

もう一度指輪を撫でてから仕事を再開する。

わたしの左手には幸せが輝いていた。

◇◇◇

正式に婚約してから二週間後。

ついにわたし達の婚約発表の日を迎えた。

元々リュディガー公爵家での夜会がその日に予定されており、婚約から最も近く、貴族達も大勢来るので丁度良いということで決まったのだ。

婚約発表と言っても、招待客の前で「婚約します」と説明があるだけだが、緊張する。

この日は仕事のお休みをもらい、朝からリュディガー公爵家を訪れた。

「さあ、我が家へ行きましょう」

しかもアルフリード様がわざわざ馬車で迎えに来てくれて、わたしはそれに乗ってリュディガー公爵家へ向かったのだ。

公爵邸に着くと、アルフリード様のお母様であるディアナ様と義理のお姉様であるリュミエラ様が待ち構えていて、アルフリード様はわたしをお二人に預けてしまった。

「また後ほど」

と、ディアナ様とリュミエラ様に連行されるわたしに小さく手を振っていた。

不覚にもその仕草がちょっと可愛かった。

わたしはディアナ様とリュミエラ様の侍女だという人達に囲まれて、浴室に連れ込まれた。

さすがと言うべきなのか、侍女さん達は手慣れていて、わたしの着ていたものをパパパっと脱がせて体を洗われた。正直、そんなに強く擦るのかと驚いたけれど、洗った後に肌がピカピカになったので、それでいいらしい。

その後に湯船に浸かっている間に髪も洗われて、いい香りのする香油を髪にしっかりと馴染ませてくれて、それが終わると今度はわたしの体まで髪とは別の香油ががっつり擦り込まれる。

ピカピカになった肌にいい匂いの香油が惜しげもなく使用される。

香油を擦り込む時はマッサージされたのだが、それがまた、かなり痛かった。

侍女さん曰く「浮腫みがなくなります」と言われたけれど、本当に容赦なく全身揉まれた。

だが、終わった後はまるで生まれ変わったみたいに体が軽くなり、肌も髪も今生で一番綺麗になっているだろう。

浴室から出ると体を締め付けないタイプのワンピースを着せられて部屋を移動する。

……入浴だけで午前中が終わった……。

部屋に戻ると軽食が用意してあった。ただし沢山食べるなということなのか量はあまりなく、それをちまちまと食べつつ、一時間ほど休憩した。

そして戻ってきた侍女さん達によって、今度は手足の爪の形を整え、磨かれ、ついでに眉の形や髪もいくらか整えられたりもした。髪について普段どうしているか訊かれた時に「自分で適当に切っています」と答えたら速攻で整えられたのには少し申し訳なく思う。

それからやっとドレスの着付けに入る。

一番つらいのはコルセットだった。

「ミスタリア様、こちらの柱を掴んでください」

言われて、柱を掴む。

「長く息を吐いてくださいね。では、絞ります」

ふう、と息を吐き出した瞬間に容赦なくギュッとコルセットの紐を引っ張られた。

「ぅぐっ」と変な声が漏れた。

でも侍女さんは紐を緩めてはくれない。

「もう一度、もっと深く、全部息を吐いていただけますか?」

なんて言われた。

何故昼食が少量だったのか、そこで理解した。

これほど締めるのだから、沢山食べたら、絶対にわたしは食べたものと再会してしまう。

ギュウギュウに腰を締め上げられる。

もう無理だというほど締めて、ようやく侍女さんがコルセットの紐を引っ張るのをやめて縛る。

「ミスタリア様は華奢なので、お腰が非常に細くて素晴らしいです。きっとドレスもよくお似合いになるでしょう」

と褒めてもらったけれど、あんまり反応出来なかった。

今までは自分で着られるドレスばかりだったので、コルセットも自分で軽く絞る程度にしていたが、本来のコルセットはこんなに絞るのかとちょっと絶望したし、同時に世の貴族のご令嬢やご夫人を尊敬する。

……これじゃあすぐに気絶もするよ。

貴族のご令嬢やご夫人が繊細なのではなく、コルセットはきつ過ぎて、息が出来なくて、ちょっとしたことで気絶したり具合が悪くなったりするのではないだろうか。

コルセットは革製なので簡単には壊れない。

……さすがにこれで走るとか無理そうだなあ。

あと、食事もあまり食べられない。貴族の女性が華奢なのはコルセットのせいで食事量が少ないというのも理由の一つなのかもしれない。

柱にしがみついてゼェゼェ息を吐いているわたしを、侍女さん達は柱から引き剥がすと、どんどんドレスを着せていく。

「うう、苦しい……。ディアナ様やリュミエラ様もこんな風にコルセットを締めているんですか？」

「はい、お二人はここから更に締めます。しかしミスタリア様はお腰が細いのでそれほど締めなくても問題ありません」

……これ以上締めてるの⁉

よくそれで動けるなと感心してしまう。

前にわたしがご挨拶に来た時もお二人はきちんとドレスを着ていて、それでお茶を飲んだり、歩いて訓練場に向かったりしていた。それを考えると尊敬する。

ドレスを着せられて、その重さにも驚いた。

ご挨拶の時に着ていたドレスよりも重い。

肩周りが出ていて、腕も出ているが、腕には長い白のレースの手袋をつける。

ドレスは淡い青色で白いフリルやリボンがある。

肩やスカート部分の装飾が多くて、そのせいで重たいらしい。こっそり少しだけ身体強化をかければ重さはすぐに気にならなくなった。

そこにドレスに合った装飾品をつける。わたしはピアスの穴を開けていないので、ピアスは着けられないなと思っていたら、なんとイヤリングだった。

「アルフリード様が、ミスタリア様は穴を開けていないようなのでピアスではなくイヤリングをお選びになられたそうです」

と、侍女さんがこっそり教えてくれた。

……耳を見られるようなこと、あったっけ？

首を傾げたものの、アルフリード様と一緒にいる時間は多かったので、どこかのタイミングで耳を確認していたのかもしれない。

でもイヤリングを選んでくれて良かった。

実は耳に穴を開けるのが怖くて、何となく、開けられずにいたのである。

ドレスを着て、装飾品を着けたら休憩する。

ドレスを汚さないように、装飾品を傷付けないように、なんて思うと身動きが出来ない。

ガチガチに固まるわたしに、ドレスも装飾品もわたしのものだから、うっかり汚したり壊したりしても大丈夫だと侍女さん達に言われたけれど、アルフリード様からいただいたものだから大事にしたい。

休憩が終わると今度はドレッサーの前に移動して、お化粧をしてもらう。

……こんなにしっかりお化粧するのは初めて。

侍女さん達があれこれと話しながら、わたしに合ったメイクを決めて、施されていく。

わたしはそこに座って目を閉じていればいい。

その間に侍女さん達の手によって、魔法みたいなお化粧がされた。

髪も絡まりを解し、艶が出るまでブラッシングしてくれているらしかった。

次に目を開けた時、わたしは可愛らしくて守ってあげたくなるような女の子になっていた。

「うわぁ……！」

思わずまじまじと鏡を見る。

「凄い、わたしじゃないみたい！」

地味で目立たない女の子だったはずなのに。

今のわたしはぱっちりした少し垂れた目に、小さな鼻、ぷるんとした綺麗な唇、色白の滑らかな肌で、ふんわりと緩く巻かれた髪は右側の一部の髪を三つ編みにして、前髪の生え際をぐるりと通して反対側の耳の後ろで留めてあり、流した他の髪のおかげで肩や首をより細く華奢に見せてくれている。

コルセットで絞ったからか腰もいつもより細い。

小柄で、細身で、可愛くて、か弱そうな貴族のご令嬢に見える。

……ちゃんと貴族のご令嬢になってる！

「ミスタリア様は華奢でお可愛らしいので、それを少しお化粧で整えさせていただきました」

わたしは思わず振り向いて侍女さんの一人の手を握った。

「ありがとうございます！　こんなに可愛くしていただけるなんて嬉しいです！　これなら自信を持ってアルフリード様の隣に並べます‼」

侍女さんは目を丸くした後、微笑んだ。

「いえ、私共は自分の仕事をしただけでございます」

きっと自分の仕事に誇りを持っているのだろう、堂々としたその姿はとても格好良かった。

「最後の確認をお願いいたします」と言われて姿見の前で全身を確認した。

……可愛い‼

多分、今、人生で一番輝いている。

感動していると、部屋の扉が叩かれる。

扉の向こうから「入っても構いませんか」とアルフリード様の声がした。

わたしは思わず扉へ向かって駆け出した。少し息苦しいけれど、それでも、とにかくアルフリード様に今の姿を一番に見てもらいたかった。

扉を開ければ目の前にアルフリード様がいた。

青い瞳が見開かれる。

そのまま、わたしはアルフリード様に飛びついた。

「アルフリード様っ」

アルフリード様は驚きながらもわたしを抱き留めてくれる。

見上げれば、青い瞳がふっと細められた。

「普段も可愛らしいですが、今日は一段と可憐ですね。どこかの国の姫君かと思いました。こんな素敵な女性を婚約者に出来るなんて私は幸せ者です」

わたしを抱き締めながらアルフリード様が言う。

「ありがとうございます！　侍女の皆さんのおかげで今までで一番輝いています！」

「そうなのですね」

そうしてアルフリード様から体を離し、改めてわたしもアルフリード様を見る。

わたしと同じ淡い青色の服に白いシャツ姿だ。

「アルフリード様も格好良いです！」

髪が後ろにある程度撫でつけられて、整った顔がよく見える。

背が高くて細身でスラッとしているので、体に合った服を着るとその手足の長さが際立つ。

首元のクラヴァットのフリルが華やかだ。

アルフリード様自身が凄く綺麗な顔立ちだから、そこまで派手なデザインでなくとも、凄くオシャレに見える。

普段の魔法士団のローブも似合うけれど、貴族らしい服装をすると上品さが増す。

「ありがとうございます。ミスタリア嬢にそう言っていただけるように、いつもより準備に気を遣いました」

そう言ったアルフリード様の肌や髪はツヤツヤで、なるほど、わたしと同じらしい。

アルフリード様の手がわたしの頭に伸び、そして、そっと前髪を撫でた。

髪型を崩さないようにしてくれたのだろう。

「あら、そんなところで何をしているの？」

かけられた声に首を動かせば、そこにはうんと綺麗に着飾ったディアナ様がいる。

華やかな淡いオレンジ色のドレスは子供っぽく見えてしまいそうな色なのに、ディアナ様が着ると華やかで明るく、全く子供っぽく見えないのが不思議だ。所々に赤いバラの飾りがあって、肩周りがわたしよりも広く出ており、細い首や豊満な胸元が大きく見えているが下品ではない。

　完全にアップにした髪は、うなじに少しだけ後れ毛がかかって色っぽい。

「ほら、二人とも部屋に入りなさい」

　部屋に戻されると、ディアナ様も入ってきて、姿見の前に立たされる。

　鏡を見て、わたしを見て、ディアナ様がわたしの全身を確認する。しかも時々「眉をもう少し長く描いてちょうだい」「リボンが曲がっているわ」と指示を出す。

「……そうね、これならいいかしら」

　ディアナ様が満足そうに頷いた。

「それにしても、ミスタリア嬢は腰が細いわね。全体的に華奢で羨ましいわ」

「ディアナ様も十分細身だと思います」

「これはコルセットを死ぬほど絞って作っているのよ。肩幅もあるし、私《わたくし》は女にしては長身だから、華奢には見えないもの」

　溜め息混じりに言われてディアナ様を見る。

　ディアナ様はそういえば少し肩幅がある。

　長身なので、確かに華奢とは言いにくいかもしれない。

「ですが肩はそれなりに幅があった方が、腰が細く見えると思います。ディアナ様は背が高いから手足も長くて、スタイルが良くて、どんなデザインのドレスでも着こなせそうですね」

わたしは華奢とか可愛いとか言えるかもしれないが、その代わりにあまり大人っぽいドレスや胸元の開いたものなんかは逆に似合わないだろう。

　ディアナ様くらい胸もあって、女性らしい曲線のある体型の方がいい。

　華やかなドレスも、上品なドレスも、きっと似合う。

「まあ」とディアナ様が微笑んだ。

「そうかしら？」

「そうです！　わたしからしたら、ディアナ様の方が女性らしくて色っぽくて羨ましいです！男性が放っておかないと思います！」

　ディアナ様がほほほと笑った。

　アルフリード様がこっそり「夜会に出ると、母上はいまだに多くの男性からダンスの誘いを受けるのですよ」と教えてくれた。

　それに、やっぱりそうなんだ、と思う。

　……わたしが男性だったら一目で心奪われたかも。

　ディアナ様は実年齢よりも若々しくて、色っぽくて、それでいて、上品な貴婦人らしさがあった。手を伸ばしても届かないと分かっているのに、手を伸ばさずにはいられない。それくらい美しい人だ。そこにいるだけで目が引かれる華やかさもある。

「まだ時間があるから少しお茶でもしましょう？　あなた達の出会いやこれまでについても聞きたいわ」

そう言われてアルフリード様を見ると、アルフリード様もわたしを見下ろした。

互いに頷き「構いません」「是非！」と答える。

そして別の部屋に移動する。そこには既にお茶の用意がされており、最初から、わたし達をお茶に誘うつもりだったのだと気付いた。

「さあ、それでは聞かせてちょうだい」

夜会までの間、わたしとアルフリード様は、ディアナ様にこれまでのことを話したのだった。

その後、夜会が始まるまで小さなお茶会が催された。

最初はリュミエラ様が来て、それからアルフリード様のお兄様のアーノルド様が来て、なんと最後には公爵様まで来て、客間はいつの間にか公爵家の方々が全員集合していた。

驚いたけど、とても楽しいお茶会だった。

おかげで緊張も解れて、夜会が始まる頃にはわたしはいつも通りでいられるようになっていた。

「主役は後から来るものだ」

という公爵様の言葉でわたしとアルフリード様だけが部屋に残り、他四人は先に夜会の会場となる舞踏の間へ行かれた。

……お屋敷に舞踏の間があるのが驚きよね。

ああいうのがあるのはお城だけではないらしい。

「……本当に婚約したのですね」

どこかしみじみとアルフリード様が呟く。

「実感、ありませんでした？」

「ええ、まあ、ミスタリア嬢に気持ちを受け入れていただけてから、正直ずっと雲の上を歩いているような気分です」

「わたしもそうですよ！　もう毎朝起きる度に『あれは夢？』って思って、でも、アルフリード様と会うと『夢じゃなかった！』ってふわふわした気持ちになって、時間があっという間に過ぎてしまうんです」

「ああ、分かります」

互いに顔を見合わせて、小さく噴き出した。

どちらも同じような気持ちだったらしい。

そっとアルフリード様の手を握る。

「夢じゃないですよね？」

訊けば、頷き返される。

「ええ、夢ではありません」

アルフリード様の手が頬に触れ、少しだけ顔を上げさせられる。

そしてアルフリード様の顔がすぐそばまで近付いて、そこで止まった。

「……抵抗しなくて良いのですか？」

よく分からないが、青い瞳が揺れた。

そこから躊躇いが伝わってくる。

アルフリード様の手に自分の手を重ねる。

そうして、首を伸ばした。

ちゅ、とアルフリード様とわたしの唇が触れる。

「抵抗する理由がありません」

わたし達は恋人で婚約者なのだから、キスするのもきっと、自然なことだ。

アルフリード様にガバリと抱き寄せられた。

「わっ？　あの、服にお化粧がついちゃいます！」

慌ててアルフリード様の背中を叩くけれど、アルフリード様は離してはくれなかった。

一分ほどそのままでいたが、ふっとアルフリード様がわたしから少し体を離した。

「……そうですね」

また、ちゅ、と唇が重なった。

「クセになりそうです」

顔を離したアルフリード様が目を細める。その目尻が微かに赤くなっていた。

多分、わたしの顔も赤いだろう。

「えっと、好きなだけしていいですよ？　だってわたし達は恋人で、その、婚約者ですし……」

続く言葉はアルフリード様に呑まれてしまった。

「言質は取りましたよ」

囁くように言われて、ちょっと早まったかも、と思ったけれど、アルフリード様に求められるなら全然嫌ではなかった。

初めてのキスも、二回目のキスも、三回目も、四回目も、ずっとずっとアルフリード様とだけしたい。

これからもずっと、好きな人とだけ、したいと思った。

それから、侍女さん達にお化粧を直してもらって――特に口紅はきっちり塗り直された――、アルフリード様にエスコートしてもらい、わたしも夜会へ参加することになった。

舞踏の間に入ると物凄く視線が突き刺さる。

視線が物理的なものだったら、わたしは沢山の視線に刺し貫かれてズタズタだろうなと想像してしまうくらい、多くの視線がわたし達に集中した。

だけどアルフリード様はいつも通りで、そのおかげで、わたしも笑顔を保てた。

不思議なことに、視線を感じるのに誰も話しかけて来ない。

……何でだろう？　ラクだけど。

「視線はありますけど、誰も話しかけてきませんね？」

疑問に思っていると横にいるアルフリード様が少し屈み、わたしの耳元で理由を教えてくれた。

「私のせいかもしれません。仕事以外での人との付き合いを避けてきました。人々から『氷の貴公子』などと言われるくらい他人に冷たく接してきたので、自ら話しかけようとする者はまずいません」

「そうなんですね」

その『氷の貴公子』という呼び名、格好良いと以前から思っていたし、何ならアルフリード様に似合うとも感じていたが、それについては言わない方が良さそうだ。

目を伏せたアルフリード様はその呼び方を少し恥じているようだったから。

わたし達は会場の端の方に移動する。

公爵様やディアナ様達は招待客への対応で忙しそうで、わたし達の話が出るまでは邪魔にならない方が良い。

そう思って隅でアルフリード様と話していると、ふとアルフリード様が顔を上げて振り向いた。

その方向を見れば、見覚えのある人達がいた。

「数日ぶりだな、アルフリード」

「やあ、アルフリード君〜」

そこには紅玉の士団長様であるアルドレッド様と、紫水の士団長様であるメルディエル様がいた。お二人も今日はローブではなく、貴族の装いで新鮮だ。

アルフリード様が頷いた。

「アルドレッド士団長、メルディエル士団長、ようこそお越しくださいました。来ていただけて光栄です」

メルディエル様が笑う。

「そうかしこまらないでよ～。今日はアルフリード君達の良き日を祝いたくて来たんだから～」

「そうだぜ、本当なら琥珀のも来たがっていたけどな、仕事で来られなくってよ。ああ、そうだ、紅玉、琥珀、紫水からの祝いの花を使用人に預けておいた」

「それはご丁寧にありがとうございます。後ほどミスタリア嬢と確認させていただきます」

魔法士団全てから花が届くなんて凄いことだと思うのだけれど。

「紫水のみんなも来たいって言ってたけど仕事もあるし～、招待状もないし～、大勢で押しかけたら迷惑だから僕が代表で来たんだ～」

「そうなんですね、ありがとうございます！」

明日、仕事に行ったら皆さんにお礼を言おう。

メルディエル様がわたしを見て、うんうんと頷いた。

「さすが公爵家だね～。ミスリルちゃん、元が良いからきちんと着飾れば凄く可愛いよ～」

アルフリード様がメルディエル様を横目に見る。

「あっ、一般的に見てって話だよ～？　僕は妻一筋だし、可愛い娘もいるからねっ？」

「分かっています」

「なら、そんな目で睨まないでよ～」

胸の前で両手を交差させ、メルディエル様が少し身を引いた。

それにアルドレッド様が声を上げて笑った。

「ははは、少しは変わるかと思ったが相変わらずみたいだな。まあ、氷の貴公子はそう簡単には変わらないか？」

アルフリード様はそれに何も言わなかった。

ただ、少し、悲しそうに見えた。

「違います」

口を開けば全員がこちらを見る。

「アルフリード様は『氷の貴公子』ではありません。そんなに冷たくないです。むしろ優しくて、真面目で、性格も穏やかで、でもちょっと不器用だから表情が分かりにくいだけですっ」

メルディエル様とアルドレッド様が顔を見合わせ、そして同時に破顔した。

その表情はとても穏やかなものだった。

そしてお二人がわたしを見る。

「なるほどな」

「うんうん、仲が良くて何よりだね～」

それにわたしは首を傾げてしまう。

何が『なるほど』なのだろうか。

「ミスリル嬢はこいつの特別ってわけだ」

アルドレッド様がアルフリード様の肩に肘をかけ、それをアルフリード様がちょっと嫌そうな顔をする。「やめてください」と言うけれど、その手を払わないのでそこまで嫌ではないのだろう。

それをアルドレッド様も理解しているらしく笑って、そのままアルフリード様に絡んで、やっぱり少し嫌そうな顔をされていた。

メルディエル様はニコニコ笑うが止めない。

「ようやく春が来て良かったな。ミスリル嬢に捨てられないように頑張れよ？」

「努力は惜しんでいません」

「そうそう、アルフリード君ってば最近は本当にず〜っとミスリルちゃんと一緒にいるし、好意も隠さないから見ていて微笑ましくなっちゃう」

アルドレッド様もメルディエル様も、まるで親戚の子に構いたくて仕方がないおじさんみたい。

……良い人達だなあ。

「まあ、とにかく、ちょっと早いがおめでとう」

「おめでと〜」

アルフリード様と「ありがとうございます」と言葉が重なった。

互いに見合い、そして笑みがこぼれる。

……凄く幸せだ。

ふと、視界の端に見覚えのある色を見つけて、わたしはついそちらを見た。

「どうかしましたか？」

アルフリード様に言われて首を戻す。

「あ、その、友人がいたので……。挨拶をしてきてもいいでしょうか？」

「ご一緒しても？　ミスタリア嬢のご友人なら、私も是非ご挨拶させていただきたいです」

「はい、きっと友人も喜んでくれると思います！」

アルドレッド様とメルディエル様もそれぞれ奥様の下に戻ると言うので、わたし達も挨拶へ向かうことにした。

だが、わたしは社交界デビューしていなかったから、今回の夜会で挨拶出来る人はほぼいない。

……イシルも出席出来たら良かったのに。

弟のイシルディンはやっと十五歳になったばかりで、十六歳から社交界デビューとなるため、この夜会にはまだ参加出来ないのだ。

叔父様も領地から離れられない。

それもあって、わたし達の婚約発表があるけれど、わたしの親戚などはいないのだ。

探せば遠戚はいるかもしれないが、これまで関わりがなかったのだからもう他人同然である。

アルドレッド様とメルディエル様と別れて、わたしはアルフリード様と友人に近付いた。

「アリエラ！」

声をかければアリエラが振り向いた。

「ミスリル！」

わたしを見たアリエラが嬉しそうに笑い、そして、アルフリード様を見てサッと礼を執る。

アルフリード様も礼を執った。

「アルフリード様、こちらはわたしの友人のアリエラ＝ボードウィン子爵令嬢です。アリエラ、こちらはわたしがとてもお世話になっているアルフリード＝リュディガー公爵令息です」

実はアリエラにも手紙でアルフリード様との婚約について伝えており、今日の夜会で婚約発表することも彼女は知っている。

アリエラがニコリと微笑んだ。

「初めまして、ボードウィン子爵家の長女アリエラ＝ボードウィンと申します。リュディガー様のお話はミスリルより、よく聞き及んでおります」

……何か強調された気がする。

アルフリード様も挨拶を返す。

「初めまして、リュディガー公爵家の次男アルフリード＝リュディガーです。本日はミスタリア嬢のご友人であるボードウィン子爵令嬢にお会い出来て光栄に思います。ミスタリア嬢が私のことをご友人に話してくださっているとは嬉しい限りです」

「リュディガー公爵家からリルファーデ子爵家に打診したというのは本当でしょうか？　失礼ですがリュディガー様は女性をお嫌いだと小耳に挟んだことがありましたが……」

アリエラが頬に手を当てて眉を下げた。

「ええ、今回の話は家を通した正式なものです。どのような噂をお聞きになられたかは分かりませんが、私は人付き合いが苦手でこれまで人を避けてきました。しかし、ミスタリア嬢とのことは本気で考えています」

「では届出は？」

「もう済ませております」

一瞬、アルフリード様とアリエラが黙った。

何故か、ほぼ同時に二人が一つ頷いた。

「ミスリルをどうかよろしくお願いいたします」

アリエラが微笑んだ。

「はい、私も公爵家も、彼女やリルファーデ子爵家のためならばいくらでも尽力するつもりです」

……え、え？　どういうこと？

アリエラが「うふふ」と笑った。

「ミスリル、おめでとう。会場に入って来た時からずっとあなたが幸せそうだったから、とっても安心したわ！　ミスリルが素敵な人と出会えて良かった！」

アリエラに手を握られて、わたしも握り返す。

「ありがとう！　でもね、わたしが出会った素敵な人の中にはアリエラもいるってこと、忘れないでね！　わたしにとってはアリエラも大事な人だから！」

アリエラの細くて綺麗な手がわたしの手をしっかりと握り返してくれた。

笑い合っているとアルフリード様が目を細めて言う。

「少し妬けますね」

それにアリエラがわたしを引き寄せた。

「私達、親友ですもの」

「ね？」と訊かれて頷いた。

親友と言ってもらえることが嬉しい。わたしも、ずっとそう思っていた。

貴族の令嬢らしくないわたしだけど、アリエラは呆れたり馬鹿にしたりせず、子供の頃から仲良くしてくれる大事な親友だ。

「そうなんです、わたし達親友ですから！」

アルフリード様が僅かに目尻を下げる。

「私が間に入る隙はなさそうですね」

「違いますよ、アルフリード様」

アリエラと繋いでいる手とは反対の手でアルフリード様の手を取った。

アリエラがいて、わたしがいて、アルフリード様がいる。

「間に入らなくても、私の隣にはアルフリード様の場所がこうしてちゃんとあります！」

アリエラは親友で、アルフリード様は婚約者で。

立場も関係も違うのだから、無理に割り込む必要なんてない。

青い瞳が嬉しそうに細められる。

「私の隣にも、ミスタリア嬢の場所があります」

「私の隣にもね」

二人の言葉にわたしも笑顔で頷いた。

好きの種類は違うけれど、どちらもわたしにとっては大切で、大好きな人達だ。

父も母も亡くなってしまったし、弟は成人前で、叔父様も領地のことで忙しくてここに来られないけれど、アリエラが来てくれて良かった。

それにメルディエル様やアルドレッド様もお祝いの言葉をかけてくれた。

寂しさなんて微塵もない。わたしは今、凄く幸せだ。


アリエラと三人でしばし話をして、別れる。

本当はもっと話していたいのだけれど、アリエラも挨拶回りの途中だし、彼女自身もこうやって夜会に出て良い相手を探している最中である。

アルフリード様が「もう少し人付き合いをするべきでした」と呟いた。

「そうすれば誰か紹介出来たのですが……」

そう言ったアルフリード様はどこかしょんぼりしていて、少し可愛いと思ってしまった。

「アリエラにですか？」

「ええ、彼女は良い人だと思います。むしろ、何故今までお相手がいなかったのか疑問に思うくらいです」

「あー……」

アルフリード様の言葉にわたしは苦笑した。

どうしてアリエラに婚約者がいないのか。

彼女は今現在十八歳なので、貴族のご令嬢で言えば丁度結婚適齢期である。

実際アリエラには婚約の打診が結構届くらしいのだけれど、一度も首を縦に振らない。

その理由を知っているのは恐らくアリエラの家族とわたしだけである。

口元に手を当てて見せれば、アルフリード様が屈んで耳を寄せてくれる。

「アリエラは歳上しか好きにならないんです」

アルフリード様が目を瞬かせた。

「歳上ですか。それならば、すぐに婚約者を見つけられるのでは？」

「いえ、それが、その、アリエラが好きなのはかなり歳上でして」

「……そんなに歳上がお好きなのですか？」

貴族の男性の結婚適齢期は女性に比べてかなり長く、大体初婚は二十代から四十前である。

女性の適齢期が十八から三十前と言われているので、男性の方が十歳ほど長い。

貴族同士の結婚では家の存続も関わってくるため、女性は早くに結婚して子供を産むことが良しとされる。

……わたしからしたら十八には結婚して子供を産むって早すぎて逆に不安……。

前世でも十六で女性は結婚出来たけれど、それですぐに結婚して子供を産むなんてあまりない。

アルフリード様の問いに更に声を落とす。

「実は、アリエラは『おじさま好き』なんです」

アルフリード様が僅かに目を丸くした。

「父親よりも歳上の方が好きだそうです」

「……それはまた……」

だからアリエラはなかなか結婚したがらない。

アルフリード様に説明すると何とも言えない顔をしていたが、人の好みというのはそれぞれなので、他人がどうこう言うべきではない。

そんな話をしているうちに公爵家の方々のご挨拶が落ち着き、招待客が揃って夜会が賑やかになった頃、アルフリード様に声をかけられた。

「そろそろ向こうに行きましょうか」

視線で示された方には公爵家の方々がいる。

ディアナ様と目が合うと微笑まれた。

「はい」

アルフリード様にエスコートしてもらいながら公爵家の方々に近付いていく。

会場に入った時と同じく、視線が突き刺さった。

だけどそれに気後れはしない。

……わたしはアルフリード様の婚約者だ。

アルフリード様が、公爵家の方々が認めてくれて、正式に婚約届も出した、正真正銘の婚約者だから。ここでオドオドしてはいけない。

アルフリード様と一緒に公爵夫妻のそばに寄る。

こほん、と公爵様がわざとらしく大きく咳払いを一つした。

たったそれだけなのに、会場の視線が集中する。

「本日は皆様にご報告したいことがあります。実は、私の息子、我が公爵家の次男アルフリード＝リュディガーに婚約者が出来ました」

アルフリード様と一歩前へ出る。

「お相手はリルファーデ子爵家のご長女、ミスタリア＝リルファーデ子爵令嬢です」

出来る限り綺麗に、優雅に見えるように、ゆっくりと礼を執る。

カーテシーはゆっくり行うほどバランスを取るのが難しいのだけれど、今は身体強化をしたままなので、問題ない。

横でアルフリード様もわたしに揃えて礼を執ってくれる。

「この二人はこれまで苦難もありましたが、このように出会い、共に寄り添って生きることを選びました。この良き日に、どうかこの二人の幸福な未来を祝福していただきたいのです」

公爵様の言葉にディアナ様とリュミエラ様、アーノルド様が拍手を始めると、周りに拍手が広まり、そしてそれは大きな波になった。

驚きつつも拍手をしている人もいれば、面白くなさそうな顔で渋々手を叩いている人もいて、でも中には微笑ましげにこちらを見て拍手を送ってくれる人もいる。

全員に祝福されるとは思っていない。

アルフリード様は見た目も、性格も、地位も、貴族のご令嬢達から見たらとても優良な結婚相手だから、狙っていた人も少なくないだろう。そういう人達には今回の婚約発表は受け入れ難いし、きっとわたしに対しても良く思わないだろう。

それでも、わたしはアルフリード様と一緒にいたい。

だから誰にも負けたくない。


その後、祝福の言葉をかけてくれる人々にご挨拶を済ませ、アルフリード様とわたしは一旦分かれることになった。男性には男性の、女性には女性の社交がある。

……まあ、アルフリード様はしなくても良いと言ってくださったけど。

公爵家と繋がりを持つ以上はそうも言ってはいられないだろう。

わたしがアルフリード様から離れるとご令嬢達に取り囲まれて、色々質問されたが、大体は答えられたと思う。わたしが子爵家の、それも貧乏だと知っている人はわたしを馬鹿にしたような見下した態度も取られたけれど、気にせず接した。

「リルファーデ子爵令嬢は凄いですわね。リュディガー様のお隣なんて、自信がなくてはとても立てませんわ」

……それはつまり、わたしの見た目がアルフリード様に釣り合わないってこと？

でもそこで怒ったり泣いたりしても相手が喜ぶだけなので、構わずにあしらっておく方がいい。

いちいち相手にしていてはキリがない。

「そうですね、アルフリード様はとても素敵な方なので、隣に並んでも遜色のない方というのはそういらっしゃらないと思います。ですが、アルフリード様はこんなわたしでも良いとおっしゃってくださいました！」

アルフリード様はわたしが良いと言ってくれているのだ。見た目が釣り合うかどうかなんて、そんなのは周りの意見であって、わたし達には関係のないことだ。

何より、アルフリード様は言ってくれた。

大事なのはわたし達の気持ちで、お互いが好きなら、それでいいのだと。

「そういえばリルファーデ子爵令嬢はついこの間、婚約破棄されたと聞きましたが、次の婚約が少しお早いような気がしませんか？」

「確かに。まだ半年も経っておりませんのに」

その言葉につい笑ってしまった。

「結婚していたわけではありませんから、半年待つ必要はないと思います。皆様だって、婚約者をお探しになられる時に、前に会った方とご縁がなければすぐに次の方とお会いするでしょう？それと同じです」

結婚していて、離婚したならば、最低でも半年以上は経たないと再婚出来ない。

それは法律上決まっている。

だが婚約の場合は違う。婚約を解消または破棄した後に、すぐに別の人間と婚約しても何も法律上は問題ないのだ。しかもわたしの場合は相手方の有責で破棄された。

後ろめたいことは一つもない。

「ですが、婚約を破棄してすぐに別の方と婚約されるなんて、貞淑さを疑われるかもしれません」

「それはわたしの元婚約者に問うてください」

思わず素で答えればご令嬢が視線を逸らす。

わたしの元婚約者が、婚約期間中に浮気をしたことが原因で婚約が破棄されたことを知っているのだろう。貞淑さ、誠実さを問うならイルンストン伯爵令息にこそすべきである。

どうして浮気されたわたしの方が貞淑さを疑われなければならないのか。

「それにしても、公爵家の方と子爵家の方がご結婚だなんて、身分差があるときっと苦労いたしますでしょうね」

「そうでしょうか？　アルフリード様は次男なので公爵家を継ぐことはございませんし、礼儀作法に関しても、ディアナ様とリュミエラ様がご指導してくださるとおっしゃっていただけましたし、好きな方と一緒にいるためならば苦労などありません」

と、終始こんな感じであったが、何を言ってもわたしが大きな反応を見せないことに気付いたのか、それとも諦めたのか、ご令嬢達はしばらく経つと離れていった。

それにホッとしていると声がかけられた。

「リルファーデ子爵令嬢」

振り向けば、見知らぬ若い男性が立っていた。

「はい、何でしょうか？」

どこか見覚えがあるような、ないような……。

柔らかな茶髪に赤みの強い焦げ茶色の瞳の男性だ。

「ご友人の方が庭園であなたを呼んでおられます」

「え、アリエラが？」

そういえば先ほどのご令嬢達の中にアリエラはいなかった。

「はい、どうやら足を痛めてしまったようで、さすがに男の私が見て差し上げることは出来ないので、ご友人であるあなたを呼んでほしいと頼まれました」

足を怪我したなら、確かに男性ではダメだ。貴族の女性はよほどのことがない限り、家族や婚約者、もしくは夫以外の男性に足を見せてはいけない。

例外があるとしたらお医者様くらいのものだ。

「アリエラは庭園のどこにっ？」

「あちらから庭園に出て、すぐの噴水のそばです」

「ありがとうございます！」

お礼を言って急いでテラスに出る。

テラスから階段が続いており、そこから庭園に下りて、見回せば、少し離れた場所に噴水があった。噴水の向こう側、水に揺れて見にくいけれど、そこに人影が座っているのが見える。

足を痛めて座っているのだろう。

慌ててそちらへ向かった。

「アリエラ！　だいじょう、ぶ……？」

だけど、そこにいたのはアリエラではなかった。

「ミスタリア」

いたのは、赤髪に緑の瞳の元婚約者だった。

「え、イルンストン、様……？」

何故彼がここにいるのだろうか。

わたしの言葉にイルンストン伯爵令息が眉根を寄せ、そして目を伏せた。

「もう、ハロルドとは呼んでくれないのか……」

噴水の縁に座ったまま悲しげに見上げられ、わたしは思わず「はい？」と目を瞬かせた。

婚約を破棄したのだし、イルンストン伯爵令息にはあのドロテア様という女性がいるのだから、もう婚約者でなくなったわたしがいつまでも彼を名前で呼ぶ理由もない。

それに、名前で呼んでいたらイルンストン伯爵令息に未練をがあるように見えてしまう。

そうなればイルンストン伯爵令息と新しい婚約者となるであろう彼女も良く思わないだろう。

わたしも未練はない。だから名前で呼ぶのはやめたのだ。

「えぇっと、何でイルンストン様がこちらに？　あの、アリエラを見かけませんでしたか？」

「ああ、それは嘘だ。ミスタリアを呼び出すためにそう言ってもらっただけだ」

それにホッとしつつも、何故そんな嘘を他人に吐かせてまで呼び出したのかと不信感も湧く。

いや、そもそもこの人に対しては婚約を破棄したあの一件以降、信用なんて消えてしまった。

「イルンストン様、わたしのことは名前で呼ばないでください。あなたとの婚約は破棄されました。わたし達はもう他人同士です」

幼馴染ではあるけれど、あの一件で、もうその付き合いも終わった。

それにわたしはアルフリード様と婚約したのだから、彼と親しくすれば、要らぬ噂が立つ。

しかしイルンストン伯爵令息が立ち上がった。

「そのことで話がある」

近付かれたので、その分下がる。

「何でしょうか、手短にお願いします」

「っ……」

一瞬、苛立ったような顔をしたイルンストン伯爵令息は、一度呼吸をしてから口を開いた。

「もう一度、俺と婚約してくれ」

………………は？

まじまじとイルンストン伯爵令息を見る。

冗談にしてはあまりにも笑えない。

「婚約破棄したが、それを取りやめて、また婚約しよう。そうすればミスタリアも婚約を破棄された令嬢だなんて言われなくて済むだろう？」

……この人は何を言ってるんだろう？

返事をしないわたしに何を勘違いしたのか、イルンストン伯爵令息が言葉を続ける。

「そうすれば伯爵家と子爵家の取り引きもまた以前のように戻るし、ミスタリアも婚約者を探さなくて済む。そもそも、お前が最初からそうやって着飾って女らしくしていれば俺だって婚約を破棄することはなかったんだ」

まるでわたしが全て悪いとでも言うようだった。

「何を言ってるんですか？　あなたはドロテア嬢と結婚するのでしょう？　彼女を愛してるって」

「確かに俺はドロテアを愛している。だが、婚約は家同士の問題だ。このままじゃ伯爵家は落ちぶれる。それに俺も、このままだと父上にも兄上にも見限られてしまう」

「……だからわたしが必要だと？」

自分でも驚くくらい冷たい声が出た。

目の前のイルンストン伯爵令息の肩がビクッと跳ねて、驚いた顔で見つめられる。

「馬鹿も休み休み言ってください。浮気をして婚約を破棄したのもあなた、わたしに華やかな装いを許さなかったのもあなた、わたしを捨てて、リルファーデ子爵家との家の契約を破ったのもあなたでしょ？」

婚約を破棄したのはそっちなのに。

どうしてまた、彼の都合に振り回されなくちゃいけないのだろうか。

「ミスタリア……！」

「名前で呼ばないでください」

ぶわっと色々な感情があふれてくる。

「わたしを嫌っていたのはそっちでしょ。婚約者らしいことなんてほとんどしなかったくせに、いつもわたしを放置していたくせに、今更、今度は自分の立場が悪くなったからってわたしを利用する気？」

イルンストン伯爵令息はずっとわたしの存在を無視していた。

婚約者らしいことと言えば、他人行儀で義務で書いたことが分かる季節の手紙と、誰か他の人が選んだのだろう適当なプレゼント。

でもそのプレゼントだって年頃の女の子が好きそうなものをとりあえず贈ったみたいな感じで、一度だって、わたしに合ったものはなかったし、お礼の返事を書いてもそれについて触れられたこともなかった。

会ってもいつも不機嫌で挨拶一つなく、忙しいからと交流もあまりなかった。

父と母が亡くなった時だって、イルンストン伯爵令息は慰めの言葉をかけてくれるどころか、葬式に来てもわたしに近寄ることはなかった。

むしろ彼の父であるイルンストン伯爵の方が優しかったくらい。

「俺を見捨てるのかっ？」

彼の言葉に自嘲が漏れた。

「あなたが先にわたしを捨てたのよ」

そんなことすら、分かっていないなんて。

わたしになら何をしても許される。

彼のそういう考えが透けて見えて、多分、わたしは悔しかったのだ。

そういう風に思われていたことが悔しい。

……わたしはもう我慢しない！

「わたしに二度と近付かないで‼」

瞬間、ふわっと背後から抱き締められた。

顔は見えないけれど誰か分かる。

「お待たせしてすみません」

その声に心から安堵した。

◇◇◇

ドロテア＝ブランドリーは苛立っていた。

婚約出来ると思っていたハロルド＝イルンストンの家から、婚姻も婚約も許さないという返事が届き、ハロルド自身からも別れを切り出された。

ハロルドはドロテアを愛していると言った。

しかし彼から聞かされた話では、リルファーデ子爵家と縁を切ったことでイルンストン伯爵家の財政は今よりも厳しくなり、このままでは以前のような勢いを保てなくなるらしい。

「その、君が『一夜の相手に丁度良い女』だと貴族の間で噂になっているが、本当か？」

それを聞いてドロテアは否定した。

「違うわ、それは嘘なの！　前に他の、わたくしの家よりも爵位の高い貴族のご子息に告白されたのだけれど、好きになれなくてお断りしたら、そんな噂が立ってしまって……」

「そうか、やっぱり兄さんの方が噂に惑わされていたのか。きっとそのご子息も君に振られた腹いせにそんな噂を立てたんだろう」

……馬鹿な男ね。それにもう要らないわ。

お金がありそうだったから近付いたのに、家が落ちぶれるのでは意味がない。

それにドロテアの噂は正しく、男に貢いでもらう代わりに肌を許していたのだ。

そうしなければドロテアは贅沢を出来ないから。

貴族の子息達は相手をすれば、ドロテアに装飾品やドレス、金を気前よく与えてくれる。

家にいても贅沢は出来ないので、そうして宿に泊まったり男性の家に泊まったりして、ドロテアはあちこちを転々として生活してきた。

貴族の、それも伯爵家の令嬢なのに貧しい暮らしや装いなんて恥ずかしい。

「だが、どうして教えてくれなかった？」

……面倒臭い男ね。

「ごめんなさい。もしそんな噂があると知ったら、ハロルドの気持ちが離れてしまうと思ったの」

ドロテアが涙をこぼせば、ハロルドは簡単に信じてドロテアを慰めるために抱き締めた。

「すまない、結婚するならドロテアとしたかった。でも兄上は君の噂を信じていて、ミスタリアとの婚約を破棄してからは父上も厳しくて、このままじゃあ俺は領地に連れ戻されてしまう」

だから元婚約者ともう一度、婚約を結び直すしかないとハロルドは言う。

そうすれば全て元通りになる。

元婚約者と結婚するが、自分の心はドロテアのものだと言われて、ドロテアは内心で嗤った。

それはつまり、ドロテアにずっと浮気相手でいろということだった。

ブランドリー伯爵家の娘に、爵位が下の子爵家の娘よりも更に下の妾でいろと?

正妻にすらなれない上に金もないなら、この男と付き合う意味などない。

「わたくしはハロルドが幸せならそれでいいの」

だからハロルドを元婚約者に返すことにした。貴族のご令嬢達の話によるとハロルドの元婚約者のミスタリア＝リルファーデ子爵令嬢は王城で働いているらしい。

しかも宮廷魔法士団・紫水の下で。貴族が多いため見目の良い者が多く、才能もあり、地位もあり、金もある。優良な結婚相手ばかりの場所だ。

……わたくしにこの男を押し付けておいて。

それだけでも面白くないのに、リルファーデ子爵令嬢は紫水の魔法士達に非常に気に入られているというのだから腹立たしい。

婚約者に捨てられて泣き暮らしているだろうと思ったのに、まさか、ハロルドよりも良い結婚相手を見つけられる場所にいるなんて。

以前遊び相手を何人か紹介してやったご令嬢達を焚きつけたが、リルファーデ子爵令嬢を力や権力でどうこうすることは出来なかった。

……仕方ないわね。

「長く婚約していたのですから、きっとリルファーデ子爵令嬢に復縁したいと言えばすぐに頷いてくれるはずですわ。だってハロルド様は素敵な方ですもの。婚約者に捨てられた女と言われて、リルファーデ子爵令嬢は結婚相手に困っているはずですわ」

ハロルドにそう囁いて、彼女に会うように仕向けたが、どうにも機会がない。

そもそもハロルドは王城勤務と言っても外壁などの監視といったものが多く、リルファーデ子爵令嬢の行動範囲と仕事場所がまず重ならない。

しかもハロルドが紫水の区画に近付くと、紫水の魔法士に「部外者は入れられない」と追い払われるらしい。

多分、紫水の魔法士達はハロルドとリルファーデ子爵令嬢の婚約破棄を知っているのだろう。

ハロルドは元婚約者に全く近付けなかった。

そうして時間だけが過ぎ、いつの間にかリルファーデ子爵令嬢はリュディガー公爵家の次男アルフリード＝リュディガーと近しい関係になっていた。

……なんであんな不細工が氷の貴公子様と？

妬ましい、とドロテアは思った。あんな地味で痩せていて女性らしさの欠片もない女よりも、自分の方がずっと美しくて、女性としても魅力的だし、横に並んでも釣り合うだろう。

リュディガー公爵令息とリルファーデ子爵令嬢がかなり親しげにしていること、一緒に買い物に出かけたりしていることなどを聞いて、苛立ちが募る。

リュディガー公爵家で夜会が行われると聞き、遊び相手の一人に頼んで招待状を手に入れてもらった。

……そうよ、ハロルドがリルファーデ子爵令嬢と復縁したらリュディガー様の隣は空くわ。

リュディガー公爵令息は一度婚約を解消している。

リルファーデ子爵令嬢と婚約しようと考えているらしいが、また相手に捨てられれば、リュディガー様はかなり落ち込むに違いない。

……そこで優しく慰めれば、もしかしたら……。

リルファーデ子爵令嬢のいる場所に自分がとって代われるかもしれない。

リュディガー公爵令息は次男で公爵夫人にはなれないが、それでも、公爵家の者の妻というのはなかなかに魅力的である。

それにリュディガー公爵令息は見目も良く、宮廷魔法士団・紫水の副士団長という地位だ。

女性に見向きもしないという話も聞くけれど、美しいドロテアが優しく慰め、相手をすれば落ちない男はいない。

そうしてあまり目立ちすぎない装いをして、ハロルドと共に、偽名名義で手に入れた招待状を持って夜会に出席し、ハロルドはすぐに庭園へ隠れた。

ハロルドはリルファーデ子爵令嬢が自分の提案を受け入れると思っている。

……本当に馬鹿な男だわ。

公爵家と伯爵家、どちらを選ぶかなんて考えるまでもない。

しかも一度自分と婚約を破棄した男とまた婚約しようなんて、まず、思わない。

しかし、たとえば新しい相手と婚約出来ない理由があったら？

暗がりで男と二人きりでいるような女だと公爵家に思われれば、人々に噂されれば、婚約など続けられないだろう。

何ならドロテアがリュディガー公爵令息と一夜を過ごしてしまえば、それを理由に責任を取るよう、ブランドリー伯爵家が申し出ればいい。

たとえドロテアの噂を知っていたとしても、貴族の子息令嬢が婚姻前に関係を持ったと公になれば公爵家も体面を気にしてドロテアを受け入れるかもしれない。

ドロテアが純潔を失っていても、それはリュディガー公爵令息との行為で失われたのだと主張することが出来る。

噂と、実際に人々が見たことなら、後者の方が信憑性がある。

たとえ婚約発表をした後だろうと構わなかった。

どうせすぐ、破棄か解消になるのだから。

リュディガー公爵令息に取り入ることが出来なくても、リルファーデ子爵令嬢が不幸せになってくれればいい。自分よりも地味で魅力のない女が、自分が奪った男より更に良い男と婚約するのがドロテアは気に入らなかった。

それに面倒な男を返すことも出来る。

リルファーデ子爵令嬢が外に出て行くのを見て、扇子越しに笑みがこぼれる。

少し経ったら頃合いを見て、人々をテラスに誘導すれば、夜会の招待客やリュディガー公爵家の人々は暗がりに二人きりでいるハロルドとリルファーデ子爵令嬢を目にするだろう。

その後、リュディガー公爵令息が会場内で誰かを探しているのを見つけ、ドロテアは近付いた。

「ご機嫌よう、リュディガー様」

振り向いたリュディガー公爵令息の顔を見てドロテアはほうっと感嘆の息を漏らした。

……近くで見るともっと素敵。

「……何でしょうか」

淡々としているが、落ち着いた艶のある声だ。

「突然申し訳ございません。もしやリルファーデ子爵令嬢をお探しなのかと思い、お声をかけさせていただきました」

「彼女がどこにいるかご存知なのですか」

「ええ、その……」

チラ、とテラスへ続く扉を見る。

頬に手を当てて、困ったように言葉を濁す。

少し小首を傾げて最も美しく見える角度でリュディガー公爵令息を見上げた。

「先ほど、男性と一緒に腕を組んで、楽しそうにテラスへ出て行かれました。でも、リルファーデ子爵令嬢はリュディガー様と今日、婚約発表したばかりですのに……」

そっとリュディガー公爵令息の腕に触れる。

「大丈夫ですか？」と心底心配した声を作る。

そうして緩く胸を押しつける。

……これで落ちなかった男はいないわ。

だから、次に起こったことが理解出来なかった。

「触るな」

バシリと衝撃が走り、気付けば床に座り込んでいた。

「……え？」

訳が分からず見上げた先で、リュディガー公爵令息の瞳が冷たくドロテアを見下ろしている。

すぐに踵を返してリュディガー公爵令息が離れて行く。しかもドロテアが触れた場所を、まるで汚れてしまったとでも言いたげにもう片手で払いながら。

それをドロテアは床に座り込んだまま、呆然と見送っていたが、周囲がそんなドロテアを見てヒソヒソと話す声に我へ返る。

慌てて立ち上がろうとしたが、それよりも先に声がした。

「あら、大丈夫？」

その声にギクリとする。

振り返れば、そこにはリュディガー公爵夫妻が立っており、長男夫妻も横にいる。

ドロテアは慌てて立ち上がり、礼を執った。

「申し訳ございません、お見苦しいところをお見せいたしました……！」

公爵夫人がドロテアをまじまじと見る。

ドロテアは出来る限り夜会に不慣れで、失態を犯して恥ずかしそうにしている令嬢を演じた。

「床に倒れるなんて、どうされたの？」

公爵夫人の心配する声に内心でほくそ笑む。

「それが……、リュディガー様にご婚約の祝福をさせていただこうとお声をかけたのですが、突然突き飛ばされてしまって……」

涙を見せまいと顔を俯かせる。少しだけ体を震わせれば憐れに見えるだろう。

「まあっ」と公爵夫人が驚きの声を上げる。

……そうよ、貴族の子息が令嬢を突き飛ばしたのよ。許されないことだわ。

きっと、公爵夫人が代わりに謝罪の言葉をかけてくださるはず――……

「婚約を祝福する時に相手の男性に胸を押しつけて祝うなんて私《わたくし》知らなかったわ」

え、と声が漏れる。

公爵夫人が公爵様に「あなた知っていて？」と問う。

公爵様が首を振って、冷たい目でこちらを見る。

「まさか。婚約者でもない女性が突然胸を押しつけてきたら、気持ち悪くて私でも振り払ってしまうだろうな」

……嘘、見られていた？

会場の隅の、人目につきにくい場所にいたのに。

……そういえば何故、公爵夫妻はすぐにわたくしの様子に気付いたの？

背筋をヒヤリとしたものが走る。

「そういえば……」

公爵様が訝しげに眉根を寄せた。

「あなたはどちらの家のご令嬢だ？　我が家が招待状を送った家に、あなたのようなご令嬢がいるとは知らなかった」

「確かに見覚えのない方だわ。あらいやだ、私《わたくし》としたことが招待した方の顔を忘れてしまったのかしら？　ごめんなさいね。あなたのお名前は何とおっしゃるの？」

視線が集中する。

ドロテアは名乗ることが出来なかった。

ここで偽名を使えば招待状を不正に手に入れて潜り込んだことは即座にばれてしまうだろう。

招かれてもいないのに出席するのはマナー違反だ。

それに名前を借りた相手からも、それがばれたとなれば責められる。

しかし本名を名乗れば招待されていないのに来たことが即座に知れ渡ってしまう。

「も、申し訳ございません……。わたくし、その、騒ぎを起こすつもりはなかったのです……」

ぽろぽろと泣いて見せる。ドロテアは自分の容姿をよく理解していた。

泣きながら震えるドロテアは美しく、それでいて憐れで、か弱そうに見える。

……泣いてごまかせれば……。

だが公爵様が溜め息を吐いた。

「どうやら招かれざる客が紛れ込んだらしい」

公爵様が手を振ると、どこからか給仕のメイド達がやって来て、ドロテアを両側から掴んだ。

「え、は、離して……！」

しかし振り払おうとしても払えない。

メイド達にがっちり両腕を掴まれて、引きずられて出口へ向かわされる。

ドロテアがいくら暴れてもメイド達は離してくれず、そのまま、廊下を通り、屋敷の玄関から外へ放り出された。執事か家令らしき人物がやって来る。

「旦那様と奥様より言伝でございます。『ドロテア＝ブランドリー伯爵令嬢、及びブランドリー伯爵家の者達は二度と我が家の催しに来なくて良い』とのことです。それでは、お気をつけてお帰りください」

容赦なく屋敷の外に放り出されてドロテアが地面に座り込んだが、その背後で扉が大きな音を立てて閉められる。

「……そんな……」

呆然と座り込んだまま、呟く。

名乗っていないのに誰か気付かれていた。

今日は化粧もドレスも普段と違うから、親しい者でなければそうすぐには分からないと思っていたのに。実際、誰からも話しかけられることはなかった。

……公爵家の催しに出られなくなる。

それは貴族の令嬢にとっては醜聞と同じだ。

リュディガー公爵家から反感を買いたくない家は、ドロテアと関わりたくないと距離を置くだろう。最悪、家同士の問題になるかもしれない。

そうして問題のある貴族の令嬢は修道院へ追いやられる。これまでブランドリー伯爵家はドロテアの行動に口出ししてくることはなかったが、公爵家と問題を起こしたとなれば動かざるを得ない。修道院に送られなくても、今後、ドロテアの相手をしてくれる者はいなくなる。

そうなったら、どうやって生きていけばいいのだろうか。

足元が崩れていくような気がする。

手を出してはいけなかったのだと気付くには、何もかもがもう、遅かった。

◇◇◇

男の声がした。

そう思った瞬間、バチンと何かに弾き出される感覚がして、そのまま冷たい水に落とされた。

水は浅く、ハロルドはややあって、自分が噴水の中に座り込んでいることに気付く。

訳が分からず呆然としている目の前で、ミスタリアが後ろから男に抱き締められていた。

暗闇でも分かる輝くような金髪の男だ。

ミスタリアが笑っている。

「来てくれて嬉しいです、アルフリード様」

そう言った声は甘えるような響きが少しあった。これまで一度も見たことがないような、ミスタリアの嬉しそうな満面の笑みに、ハロルドは自分の状況を忘れてしばし見惚れてしまった。

ずっと地味で、子供っぽくて、令嬢にしては元気すぎるミスタリアが嫌だったはずなのに、その明るく、好意を隠さない笑顔が可愛らしくて驚いた。

……俺には一度だってそんな顔をしなかったのに。

「大丈夫でしたか？」

「はい、何もありませんでした」

「それは良かったです。さあ、中へ戻りましょう」

「そうですね！」

男は体を離すとミスタリアの手を取った。

びしょ濡れのハロルドなどまるで見えていないかのような様子に怒りが湧いてくる。

「待てよ！」

慌てて噴水の中から立ち上がる。

しかし、ミスタリアの方に向かおうとすると見えない壁があり、ガツリとそれにぶつかった。

男が冷たい眼差しでこちらを見る。

「何でしょう？」

酷く淡々とした声だった。

一瞬それに気圧されるも、ハロルドは言う。

「誰だか知らないがミスタリアは今、俺と話をしている最中なんだ。それにこれは魔法か？　人をずぶ濡れにしておいて謝罪の一つもないのか！」

怒るハロルドに男は小さく息を吐いた。

「彼に名前を呼び捨てにする許可を？」

男がミスタリアに問う。

ミスタリアが首を振った。

「やめてくださいと言っても聞いてくれません。彼はイルンストン伯爵令息で、わたしの元婚約者です。アリエラが呼んでいるって言われて来たんですけど……」

「なるほど、騙されたのですね」

「……お恥ずかしい限りです」

ミスタリアと男がまたハロルド抜きに話している。

それが無性に腹立たしい。

だがそれだけじゃない。

自分と婚約していた時は着飾ることなど全くしなかったミスタリアが今は着飾り、可愛らしいご令嬢になっている。あの地味で冴えないミスタリアではなかった。

「ミスタリア、早くその男から離れろ！」

男がこちらを見やる。

「ミスタリア嬢を名前で呼ぶのはやめてください。彼女が嫌がっているでしょう。あなた方は婚約を破棄して、既に他人なのですから、それくらい常識ですよ」

淡々と言われ、ミスタリアが頷いている。それが更にハロルドの怒りを煽ったが、ここでこれ以上怒鳴ってもミスタリアは戻って来ないと思い、怒りを抑える。

「……どなたかは知りませんが、リルファーデ子爵令嬢との婚約破棄は撤回します」

「撤回も何も、もう破棄はされておりますよね？」

「っ、彼女は俺と婚約し直すんです！」

ハロルドの言葉に男が首を傾げた。

「おかしいですね？」

何故か体がブルリと震える。

男はそこにいるだけなのに、ハロルドは思わず剣を取ろうとして、自分が今、帯剣していないことを遅れて思い出す。何も掴めなかった手が震える。

「ミスタリア嬢の婚約者は私のはずですが」

目の前にいるのは人間のはずなのに。

得体の知れない何かがそこにいた。

◇◇◇

テラスから外に出て、遠目に見えたミスタリア嬢の姿に心底安堵して、そして彼女の声と、その近くに背の高い人影があることに気付いて魔法を使ったのはほぼ無意識だった。

普段は決してしない無詠唱で発動させてしまった。

無詠唱で魔法を使えるのは王家と公爵家だけの秘密である。

幸い、周囲に人気も魔力も感じない。

そのまま婚約者を抱き締めた。

ミスタリア嬢は嫌がることもなく受け入れてくれた。

何もされてないと聞いてホッとする。

すぐそばの噴水には、先ほどの魔法で作った障壁に弾かれている男がいる。

自分は夜目が利くので、その男を見て、即座に相手が彼女の元婚約者だと気付いた。

気付いた上で彼女を引き離すために無視した。

だが男は、イルンストン伯爵令息はこちらを呼び止め、わけの分からないことを口走っている。

……ミスタリア嬢と婚約をし直す？

彼女とイルンストン伯爵令息との件については知っている。

イルンストン伯爵令息が浮気をして、彼女に公衆の面前で婚約破棄を言い渡し、結果的に家をも傾かせることになった愚か者。今更彼女を取り戻そうとしても、もう遅い。

「こ、婚約者とはどういうことですかっ？」

イルンストン伯爵令息の言葉に返す。

「そのままの意味ですよ。私がミスタリア嬢に婚約を申し入れ、彼女が受け入れてくれました。そして家同士で正式に婚約届も出して、受理されています」

だから、婚約を結び直すなどありえない。

それに口約束だけのままだった伯爵家とは違い、公爵家はきちんと届出をして、正式な婚約を整えた。イルンストン伯爵令息が何を言っても無駄である。

……ああ、暗い場所で良かった。

自分でも瞳孔が変化してしまっているのは分かる。もし明るい場所であれば、自分の青い瞳の瞳孔が縦に裂けているのが見えてしまっただろう。

それくらい腹立たしかった。

このような暗がりに女性を呼び出すという手法も、それが人目につけばどのような結果を生むかも、それを平然と行う目の前のイルンストン伯爵令息にも、先ほど突然抱き着いてきたブランドリー伯爵令嬢にも。

大切な彼女を害そうとする意思が感じられて、これで怒らない者がいるだろうかと思う。

イルンストン伯爵令息が驚いた顔をする。

「そんな、いや、だがミス……、リルファーデ子爵令嬢は婚約破棄されて結婚相手が見つからずに困っていると……」

「いえ、そもそも最初は結婚相手を探してはいませんでしたけど？」

「紫水に就職したじゃないか！」

彼女が呆れた顔をする。

「あなたとの婚約を破棄したら生活に困るから、給金の良い場所を選んだだけです。子爵家《うち》がイルンストン伯爵家の援助で暮らしていたのはご存知ですよね？」

イルンストン伯爵令息がハッと何かに気付いた顔をする。

「そ、そうだ、婚約をし直せばまた我が家が援助するっ。そうすれば全部元通りだろうっ？」

「いやいや、だからわたしはもうアルフリード様と婚約しているのでイルンストン伯爵令息とは婚約出来ませんし、そうでなくてもあなたと婚約し直すくらいなら一生独身で働いた方がマシですよ！」

心底嫌だという風に彼女が言う。

イルンストン伯爵令息が固まり、それに少しばかり溜飲が下がる。

彼女の素直すぎるところは少々問題だけれど、今は非常にその正直さが喜ばしい。

怒りの感情はまだあるが、先ほどよりもその感情が落ち着いたおかげで瞳孔が元に戻る。

「俺は伯爵家だぞ!?」

その陳腐な言葉に呆れてしまった。

「私は公爵家ですが」

「え」

　そういえば名乗っていなかった。

　婚約者を抱き寄せて挨拶する。

「初めまして、リュディガー公爵家の次男・アルフリード＝リュディガーと申します。ミスタリア＝リルファーデ子爵令嬢の新しい婚約者です。彼女も彼女の家も今後は私や公爵家が支えていきますので、お気遣いなく」

　イルンストン伯爵令息が絶句した様子で黙る。

　恐らくあまり社交界には出ていなかったのだろう。

　もしきちんと社交界に出ていれば、お互いに会ったことがなかったとしても、外見的特徴や『氷の貴公子』などという嬉しくない呼び方を耳にしていたはずだ。

　そしてこの男は招待客ではない。どうやって紛れ込んだのか。

　ブランドリー伯爵令嬢と言い、イルンストン伯爵令息と言い、招待されてもいないのに公爵家の夜会に忍び込むとはある意味では度胸はあるが、バレた時のことを全く考えていないようだ。

「ああ、それから拘束させていただきます」

　詠唱を口にして、イルンストン伯爵令息が何かを言う前に魔法で拘束する。

　今日は自分達の婚約発表の場でもある。

　だから彼女の元婚約者や、その婚約者を奪った令嬢を招待することなどありえない。

つまり招待客ではないので不法侵入者だ。

騒ぎを聞きつけてやってきた公爵家の騎士達にイルンストン伯爵令息を任せる。

イルンストン伯爵令息が色々と騒いでいるが、魔法で拘束してあるため動くことは出来ない。

「どうやって潜り込んだかは知らないけど、彼は招待客じゃない。連れて行って監視しておいて」

騎士達に声をかけ、彼女に振り向く。

「イルンストン伯爵令息に望む罰を与えることも出来ますが、どうしますか？」

「いえ、わたしは特にありません。ただ、必要以上に関わりたくないと言うか、わたしにはアルフリード様がいるのでもうどうでもいいです」

ギュッと腕に添えられた手に力がこもる。

困った表情の彼女に頷いた。

「分かりました」

彼女は呆れたような、疲れたような顔だった。まさか婚約発表の夜会に元婚約者がこっそり紛れ込んでいるだなどと、全くもって嬉しくないだろう。

ミスタリア嬢から騎士へ顔を戻す。

「彼については父と母の判断に委ねます」

そうして騎士達が動けずにいるイルンストン伯爵令息を運んでいく。

いつの間にかテラスに人々が出て来ており、何事かと様子を見に出ているようだった。

それに内心で苦笑し、ミスタリア嬢を見る。

「それでは戻りましょうか」

「はい！」

彼女の笑顔を見るとホッとする。

元婚約者に会って嫌な思いをしたはずなのに、こうして笑顔を見せてくれて安心した。

小さく細い手をエスコートして舞踏の間へ戻る。

すると、すぐに父と母、兄夫婦が近付いてきた。

「何があった？」

父の問いにアルフリードは小声で答えた。

「ミスタリア嬢の元婚約者が夜会に紛れ、我が家に不法侵入していたので拘束しました」

彼女が元婚約者と会ったのは事実だが、僅かな時間といえども二人きりになったことまでは言わずとも良いだろう。人目のある場所で口にすることでもない。

父が小さく息を吐いた。

「そうか。……先ほどのご令嬢と言い、今夜は良き日だと言うのに。礼儀を弁えていない者達には困ったものだな」

父の言葉に母や兄夫婦も頷いて、ミスタリア嬢は苦笑していた。

ふと視線を感じて首を動かせば、先ほど彼女に紹介された子爵令嬢が心配そうな様子でこちらに近付くべきかどうするか迷っている風だった。

「ミスタリア嬢」

声をかけ、視線で示せば、子爵令嬢に気付いた彼女がこちらを見上げてきた。

頷き返してそっと背中を押してやる。

「すぐに戻ってきます！」と言って、彼女は親友だという子爵令嬢のところへ歩いていった。

それを見送ってから、こっそり父に耳打ちする。

「どうやら協力者が何名かいるようです。ミスタリア嬢を外へ呼び出した人物や、夜会の招待状を横流しした人物など、恐らくこの会場に来ているでしょうから、捕らえていただけますか？」

「ああ、そうしよう」

頷く父に「お願いします」と言い、離れる。

彼女は元婚約者に関わりたくないと言った。

だが、公爵家の夜会に忍び込むというのはかなり問題のある行為だ。敷地内への無断侵入も、招待客に紛れて入ってきたことも、許されない。それに関しては公爵家が動くことだろう。

「彼女が戻ってきたら、我々は早めに退出しようかと思います。先ほどの件もありますので」

母が頷いた。

「ええ、その方がいいわ。ミスタリア嬢には少し休んでもらってから、きちんとリルファーデ子爵家に送り届けるのよ？」

「はい、心得ています」

しばし時間を置き、ミスタリア嬢が戻ってきたところで早めに夜会から退出することにした。

あのままいても、騒ぎについてあれこれと訊かれただろうし、婚約者の元婚約者が新しい婚約者の家に忍び込んだなどという話を彼女の口から話させたくもない。

舞踏の間を出て、元の客間へ戻る。

その道すがら彼女が溜め息をこぼす。

「全く、困った人です。まさか夜会に来るとは思いませんでした。……招待はしてないですよね？」

ミスタリア嬢の問いに頷いた。

「はい、しておりません。それとイルンストン伯爵令息の浮気相手、ドロテア＝ブランドリー伯爵令嬢も勝手に会場へ忍び込んでいたようです」

「え、あの人も？」

彼女が驚いた様子で目を丸くする。

正直に言えば自分も驚いた。

見知らぬ女性にべったりと寄りつかれた時には嫌悪感も強かったが、それ以上に、相手に驚いた。イルンストン伯爵令息の浮気相手だったから。彼女から婚約者を奪っておきながら、アルフリードにも粉をかけようとする、その思考や言動が非常に気持ち悪かった。

思わず振り払ってしまうほどだった。

「何をしに来たんでしょうね……？」

ミスタリア嬢が不可解そうに首を傾げた。

自分も「さあ？」と首を傾げる。

……まあ、ハロルド＝イルンストンは恐らく、ミスタリア嬢との関係を修復して自分の立場を取り戻そうとしたんだろう。

イルンストン伯爵家はリルファーデ子爵家との取り引きが減ったようだし、イルンストン伯爵令息とミスタリア嬢の婚約が破棄されてから、イルンストン伯爵家の経営状況は段々と落ちていっているらしい。

代わりにリルファーデ子爵家の経営は持ち直しつつある。

イルンストン伯爵令息の様子からして、両家の婚約には政略的なものもあったのだろう。

それを元に戻すために「婚約破棄を撤回して、婚約をし直す」などという馬鹿げたことを言ったと思われるが、そもそも、既に婚約の破棄は両家の間で話し合いがついてしまっているし、彼女には新たな婚約者が出来たため、婚約をし直すということは不可能なのだ。

もしもアルフリードと婚約していなかったとしても、彼女は言葉通り、イルンストン伯爵令息と婚約をし直すことはなく、結局彼の思惑は外れることになったが。

「まあ、どうでもいいですけどね」

ミスタリア嬢が明るく笑う。

「そんなことよりも、婚約発表したことの方が大事です！　皆さんの前でアルフリード様の婚約者ですって紹介してもらえて、凄く嬉しいです！」

それに頷き返した。

「ええ、私もミスタリア嬢の婚約者になれて、とても嬉しいです。これから、よろしくお願いいたします」

「はい、こちらこそよろしくお願いします！」

イルンストン伯爵令息やブランドリー伯爵令嬢に対して腹立たしい気持ちはあるが、きっと父達がその辺りは厳しく対応してくれるだろう。

公爵家を敵に回すとどうなるか、あの二人は思い知ることになる。

婚約発表から一週間が経った。

その間に紫水の皆さんからお祝いの言葉を沢山かけてもらった。

それだけでなく、これまでわたしを避けていた同僚達からも話しかけられるようになった。

ずっと無視していたことを謝罪されて、それからは時々だけど挨拶や雑談を交わす程度には関係は良くなりつつある。

アルフリード様はあまり良い顔をしなかったけど。

「彼らはミスタリア嬢が私の婚約者となり、公爵家の後ろ盾を得たと思って慌てて謝罪をしてきたのでしょう」

まあ、それはさすがのわたしでも分かった。散々無視しておきながら、急に態度を改められても正直言って不信感しかないのだが、それでも職場の同僚達といつまでも不仲でいるわけにもいかない。必要最低限で付き合っていくつもりだ。

あと、多分だけどバーナード＝コリンという人のこともあったからだと思う。

同僚達の中でわたしを一番虐めていた人である。

そして、婚約発表のあった夜会のあの日、わたしにアリエラが外で待ってると声をかけた人物でもあった。滅多に顔を合わせないのですっかり忘れていたのだけれど、後日、アルフリード様からわたしを騙して外に誘導する役目をしていた人物がバーナード＝コリンだったと聞かされてようやく思い出した。

髪型や化粧で顔立ちや雰囲気を変えていたそうで、そうだったとしても、全く気付かなかった自分にちょっと呆れてしまった。

何故バーナード＝コリンがそこまでわたしを嫌うのか。

どうやら彼はわたしと同じく子爵家出身で、同じく紫水の使用人になったものの、わたしが士団長様達と仲良くしているのが気に入らなかったらしい。

同じ仕事をしていて、同じ爵位で、それなのに、わたしの方が可愛がられて、紫水の魔法士の人達からの評判も良くて。

彼は自分より爵位が上の人達と繋がりを作りたくて使用人となったようだが、思うようにいかず、わたしのことが妬ましく、同時に疎ましかったという。

だから嫌がらせをしたり、元婚約者のイルンストン伯爵令息にわたしを引き合わせようとしたり、わたしの足を引っ張ろうとした。

結果は全て失敗に終わったけれど。

そうしてハロルド＝イルンストン伯爵令息は、自領に連れ戻されたそうだ。

当主の許可を得ずに勝手に婚約を破棄したこともそうだが、何より、リュディガー公爵家の催した夜会に他人の名前を使って潜り込んだことが問題になったのだ。

言ってしまえば、他人の家に無許可で入るようなものである。

これについてはドロテア＝ブランドリー伯爵令嬢も同じで、他人名義で出席した彼女は公爵夫人に名前を訊かれて答えられずに夜会の途中で追い出されたらしい。

ちなみに名前を貸した者達も顰蹙を買い、社交界で爪弾きにされているそうだ。

そして、わたしは知らなかったがドロテア＝ブランドリー伯爵令嬢は社交界では有名人だったという。なんと貴族の子息の間で『一夜の相手にいい』と言われていたのだとか。

ドレスや装飾品、お金などを渡せば相手をしてくれる。

そういう噂で有名な人で、彼女を嫌う女性も結構いるとのことで、今回の件も合わせてドロテア＝ブランドリー伯爵令嬢は社交界にはいられなくなるだろう。

ハロルド＝イルンストン伯爵令息とドロテア＝ブランドリー伯爵令嬢の行動により、二つの伯爵家はリュディガー公爵家から反感を買い、どちらの家も即座に正式に謝罪したそうだ。

そしてハロルド＝イルンストン伯爵令息はイルンストン伯爵領にて無期限の謹慎処分。言わば軟禁のようなものらしく、イルンストン伯爵からもわたしの下に謝罪の手紙が届き、二度と彼がわたし達の前に姿を現さないようにすると書かれていた。

彼は自領で一から鍛え直されるだろう。

ドロテア＝ブランドリー伯爵令嬢は王都より離れた辺境伯の後妻として嫁ぐことが決まったらしい。聞くところによると、かなり女癖の悪い人なのだとか。

ただでさえ火遊びが過ぎて結婚相手が見つかりにくくなっている中、今回の件で公爵家からも縁を切られて、さすがのブランドリー伯爵家も娘を放っておけなくなった。

そこで王都から離れた領地にいる辺境伯に、問題のある娘を押し付けるような形で嫁入りさせることにしたようだ。

……でも、彼女も話を聞く限りは可哀想な人だと思う。

伯爵家の娘に生まれ、美しい容姿を持ち、本来ならば蝶よ花よと育てられて裕福に暮らすはずが、金遣いの荒い家族のせいで、伯爵家の経済状況はいつも火の車だったらしい。

ドロテア＝ブランドリー伯爵令嬢が男性に体を許していたのも、身分に合った装いや生活のために、男性に寄りかかって生きていくしか方法を知らなかったから。

彼女は修道院に行くのを嫌がり、辺境伯の後妻になることを選んだそうだ。

ハロルド＝イルンストン伯爵令息に近付いたのも、羽振りが良かったからで、イルンストン伯爵家の経営が落ち込んできたと聞いて、わたしに彼を戻そうとしたのだ。

ドロテア＝ブランドリーの結婚を聞いたハロルド＝イルンストン伯爵令息は抜け殻みたいになったようだが、そのまま自領に連れて行かれたそうだ。

どちらにしてもこの二人は公爵家に睨まれた以上、もう社交界にいることは難しい。

だからそれぞれ、王都を離れることになった。

バーナード＝コリンも子爵家の領地に引き戻されたそうなので、多分、もう会うことはない。

…………なんだかなあ。

どうでもいいとは言ったものの、少し後味の悪い結果となったように思う。

それらをアルフリード様から聞いたのは昼食の席だった。

仕事中もつい、三人のことを考えてしまう。

「ダメダメ、仕事に集中！」

両手で頬を叩いて気合を入れる。

わたしが悪いわけではない。三人は自分達の行いが返ってきただけだ。

廊下を箒で掃いていると声をかけられた。

「あなた、リルファーデ子爵令嬢よね？」

振り向けば、メイド姿の女性がいた。

……うーん、なんか既視感。

「はい、そうです」

「今から女性使用人だけでお茶会をするのだけど、あなたも来ない？　休憩時間でしょ？」

言われて、そういえばもうそんな時間かと気付く。

午後には一時間ほど休憩時間があり、わたしはいつも、その時間も仕事に当てていた。

そうしないと終業時間までに仕事が間に合わない。

「もしかして休憩時間も仕事しているの？」

その女性が「ダメよ」と続ける。

「休憩時間は休まないと。美味しいお菓子と紅茶を用意しているの。一緒に来ない？」

「でも、急に参加したらご迷惑では？」

「そんなことないわ。あなた、有名人だからきっとみんな喜ぶわよ」

「さあ、行きましょう？」と手を引かれる。

これもやっぱり既視感を覚える。

……あんまり良い感じがしないんだけどなあ。

女性は気さくそうで、一見すると優しげだ。

でもこちらの話を全く聞かないのも気になる。

箒を持ったまま、手を引かれてやってきたのは王城の一角、使用人達の休憩室だった。

あまり広くはないけれど綺麗な室内に、丸テーブルが一つと椅子が六脚。テーブルの上にはお菓子と紅茶が並んでいた。

「あら、そちらの方は？」

集まっていた五人のメイドの一人が言う。

「ミスタリア＝リルファーデ子爵令嬢よ。ほら、今話題の方。せっかくだから誘ってみたの」

言いながら、わたしを連れて来たメイドが残っていた椅子に腰掛けた。

当然、六脚の椅子に六人座っているので、わたしが座れる場所などなかった。

わたしを連れて来たメイドが「まあ！」とわざとらしい声を上げて驚いた顔をする。

「ごめんなさい、椅子が足りないなんて気付かなかったわ！」

困ったように頬に手を当てるものの、動く気配はなく、全員がおかしそうに笑っている。

「ダメよ、席がないのに招待しては」

「あらやだ、持って来ないとないわね」

「あちらに一つありますわ」

あちら、と示された方を見れば、踏み台が一つ置いてあった。

……なるほど、わたしは椅子じゃなく踏み台で十分だって言いたいのかな？

貴族のマナーの一つに、お茶会に招待されて出席したら、出されたものがたとえ苦手なものだったとしてもお茶とお菓子などは最低でも一度は手をつけないといけない、というものがある。

一口も食べないのはマナー違反だ。

ただし、基本的にお茶会を主催する側も、お茶会に招待する相手の好みを前もって調べておいて用意するのが一般的だ。

それはともかく、こうしてお茶会に来た以上はわたしも『参加』という扱いなのだろう。

……これで、そのまま出て行ったらマナーも守れないご令嬢とか噂されそう。

わざと椅子を用意していないのは明らかだ。

「あれは椅子ではありませんわ」

ご令嬢達は、うふふ、あはは、と楽しげに笑っている。

わたしを困らせて遊びたいらしい。

「でもどうしましょう？」

「椅子がないなら、仕方ありません。あれを椅子の代わりにしてもよろしいのでは？」

「そうね」

「まさか公爵家の婚約者ともあろう方がマナー違反なんていたしませんものね？」

つまり一人だけ踏み台に座ってお茶会に参加しろ、と言いたいらしい。

しかしテーブルにはきっちり椅子が並べられていて、踏み台を入れるスペースはない。

……凄いなあ。

こんな地味だけど嫌なことをよく思いつくものだ。

そもそも招待しておいて椅子がないことの方が問題だと思うのだけれど、それについて何も謝罪がない辺りにも悪意を感じる。しかもお茶やお菓子も六人分しかないようだ。

これではわたしがお茶会に参加するのは無理である。

でも、もしわたしがここで怒って出て行ったら、きっとこの六人はわたしについて「お茶会に参加したのに席にすらつかずに出て行った」とか「用意したものに怒って手をつけなかった」とか、わたしを無作法者だと言いふらすのだろう。

そういう悪意が透けて見える。

……そっちがそういうつもりなら、こっちも遠慮なくやらせてもらうけどね！

バーナード＝コリンの件で分かったが、こういうのはこちらが我慢したり黙っていたりすると更に酷いことをされる。だから反撃出来る時はするべきなのだ。

それに彼女達の言葉にも一理ある。

公爵家の、アルフリード様の婚約者がこれくらいで泣いていたら、この先やっていけない。

アルフリード様と婚約してから、確かに人から嫌味や暴言を向けられることもあったが、大抵はアルフリード様の耳に入り、アルフリード様の方が怒ってくれていた。

だけど、いつも一緒にいるわけではない。

自分でもどうにかしないといけないし、やられっぱなしでいる気もない。

わたしはニッコリと笑った。

「こんな素敵なお茶会に参加出来るなんて光栄です！」

わたしの笑顔に六人が一瞬固まった。

……あ、今の嫌味っぽかったかな？

席がないことを除けば良いお茶会ではある。日当たりの良い綺麗な部屋に、用意されたお菓子やお茶は美味しそうで、もし普通に招待されていたらわたしは嬉しい。

わたしを連れて来た人に近付いていく。

距離が詰まると、わたしを連れて来たメイドの表情が強張った。

手を伸ばせばビクリとその人が顔の前に手を上げる。

……わたしに叩かれると思った？

でもそんなことはしない。暴力を振るった方が悪くなってしまう。

伸ばした手でソーサーごとティーカップを持ち上げ、わたしはそれを引き寄せると一口飲んだ。

熱くないことを確認して、下品にならない程度の勢いで飲み干した。

「美味しい紅茶ですね！」

わたしを連れて来たメイドも、他の五人も、ぽかんとした顔をしている。

それに構わず、空になったカップとソーサーをテーブルに戻し、今度はお菓子が取り分けられた小皿を手に取った。

黄金みたいな綺麗な焼き菓子を食べる。スイートポテトみたいなお菓子は、表面がツヤツヤでとても美味しそうだ。食べると甘くて少ししっとりしているが、口の中でほろほろと溶けていく。

周りが呆然としている中で手早くお菓子を食べて、皿を戻した。

ことり、と皿とテーブルのぶつかる音が響く。

「お菓子も美味しかったです。今日はお茶会にご招待いただき、ありがとうございました！」

わたしを連れて来たメイドがぱくぱくと口を開閉させているけれど、言葉は出て来なかった。

そんな彼女にわたしは笑顔を向ける。

「招待してくださっただけではなく、お茶とお菓子まで分けてくださるなんて、お優しいですね！　仕事がありますのでお先に失礼しますが、またご招待いただけたら嬉しいです！」

わたしを連れて来た人が顔を赤くした。

何か言われる前に「それではご機嫌よう」と礼を執り、部屋を出た。

後ろから何やら騒ぐ声がしたけれど、聞こえないふりをして扉を閉める。

紫水の区画へ戻りながらも、わたしは少しだけドキドキしていた。

……反撃は成功したかな？

わたしを連れて来たメイドはお茶もお菓子もない状態で、残りの時間を過ごすことになる。

まあ、仲の良い人達ならば自分の分から分けるという手があるけれど、あの人達はそういうことはしなさそうだった。人に意地悪するなら、やり返される覚悟くらいあるだろう。

……わたしも意地悪しちゃったけど。

お茶会では「必ず座って参加しなければならない」という決まりはなかったはずだ。

場合によっては立食形式のお茶会やパーティもあるので、そこまでの明言はされていない。

だからわたしは「お茶とお菓子に手をつけなければいけない」ことだけ守ればいい。

誰のでも良かったが、わたしを連れて来たメイドのものならば「突然招待されたけどお菓子が足りなかったため、招待してくれた方から分けていただきました」が多分通用すると思う。

わたしを連れて来た責任を取ってもらったようなものだ。

彼女達もお茶会の詳細については話せないはず。

席もお茶もお菓子も用意していないのに、お茶会に招待するなんて非常識だから。

もし「人のお菓子を食べた」と言われても「わたしのものだと思いました」で済む話になる。

……ちょっと意地悪すぎたかなあ。

お茶会でお茶もお菓子もなく過ごすのは、かなり恥ずかしいし、落ち着かないだろう。

お菓子だけはいくらか残しておけば良かったかもしれないが、他人の食べかけなんて要らないだろうから、やはり食べ切って正解だったかもしれない。

「でもお菓子も紅茶も美味しかったなあ」

嫌がらせでなければ、もっと良かったが。

……どうせならアルフリード様とお茶したいな。

何とか仕事の段取りを詰めて、今度、休憩時間にアルフリード様を食堂に誘ってみよう。

きっと一緒にお茶をしてくれるだろうな、と想像したら自然に笑顔になる。

これくらいの嫌がらせなんて可愛いものだ。

◇◇◇

数日後、わたしは馬車に揺られていた。

半休で午後がお休みなので、同じタイミングで休みを取ってくれたアルフリード様と一緒に工房へ行くことになった。何でも掃除機の試作品が出来たらしい。

……結構早くない？

半年以上かかると思っていたのに。

「もう試作品が出来たって凄いですね」

横に座っているアルフリード様が頷いた。

「そうですね、早めにとは言いましたが、予想以上に早くて私も驚いています」

言いながら、アルフリード様の手がわたしの手にそっと重ねられた。

表情は相変わらず無表情だけれど、今日のアルフリード様はかなりご機嫌だ。

以前アルフリード様に買っていただいたドレスの一つを、わたしが着ていることが、とても嬉しいらしい。待ち合わせでドレス姿のわたしを見た時、空気がパッと明るくなっていたし、それからずっと目元が和やかに細められている。

あんなに沢山ドレスを購入したのに、アルフリード様はきちんと自分が購入したものを覚えているようで、ドレス姿のわたしを見て。

「よくお似合いです。選んだ時にも思っていましたが、こうして着ていただけると非常に嬉しいです。まるで春が人となって訪れたようですね」

と、褒めてくれた。

今回のドレスはオレンジ色のもので、刺繍や小さな布で出来た色とりどりの小花がスカートにちりばめられており、華やかさがありつつ、明るい色で軽やかさも感じられる。

わたしもこのドレスは可愛くて好きだ。小花に紫が混じっているからか、着ても違和感がなく、なんというか年齢相応という感じがする。

アルフリード様はドレス姿のわたしを見てから、ずっと目尻を下げていて、それが言葉よりも雄弁にアルフリード様の気持ちを物語っていた。

「でも、わたしは使えないんですよね……」

試作品が出来て嬉しいが、魔力内向型のわたしでは使えないだろうから残念だ。

アルフリード様が苦笑する。

「まずは基本となる型を作り、それが完成してから今度は魔石を使用するタイプも試作してもらいましょう。内向者以外にも、魔力量の少ない者は多いですし、自分の魔力を使わずに使えるものも需要はありますよ」

励ますように言われて頷き返す。

「そうですよね、まずはきちんと売れるものを作って、それから改良していけばいいんですよね！」

「ええ、その通りです」

……いつか自分で掃除機を使いたいな。

紫水の区画の掃除だとか、将来結婚した時にアルフリード様と暮らす場所の掃除だとか。

前世みたいに一家に一台はあるのが当たり前みたいになって、掃除にかかる時間を短縮出来たりして、そうしたら世の奥様方の負担が減って。

お掃除男子とか出てきたりして。

みんなの家が綺麗になったらいいなと思う。


「ようこそお越しくださいました。皆、お二方がいらっしゃるのを今か今かと心待ちにしておりました。さあ、どうぞ中へ」

工房に行くと、わたし達はすぐに中へ通された。

工房長のマーウッドさんがニコニコしながら、前回と同じ部屋へ案内してくれる。

そこにはやはり前回と同じ顔ぶれが揃っていた。

テーブルの上に置かれたものに目がいってしまう。

「わ、掃除機だ……！」

少々不恰好だが、外見だけならわたしが描いた図によく似た掃除機が置かれていた。

平たい先端の吸い口に、長い筒の首がくの字に曲がっており胴体と繋がる部分は蛇腹になっていて、胴体は卵を横にしたみたいな可愛らしい丸みを帯びた形で色はシンプルに白だ。表面の艶からして陶器製らしい。

声を上げたわたしに職人さん達が笑った。

それは嬉しそうな笑みだった。

「こちらが試作品の掃除機です」

マーウッドさんが説明しつつ見せてくれる。

平たい吸い口を見れば、床との接地面に小さなブラシがついており、床と直に触れないようにしてあった。しかも頭部分はわたしの要望通り取り外しが出来る。

首は真っ直ぐな筒を二本繋ぎ合わせており、内一本の頭に近い方は取り外しが出来て、くの字に曲がったすぐ手元には四段階に調整出来るツマミみたいなものがあり、これを回すことで吸引力を変えるそうだ。

胴体部分につながる蛇腹は革製だからか茶色で、楕円形の卵型の胴体には小さな車輪が二つ。前にも内蔵されて見えにくいけれど、もう一つ車輪が入っている。

タイヤ部分には柔らかい不思議な素材が使われていた。触ってみるとゴムに近い。

「そちらは魔獣の一部を材料に使っております」

「魔獣？　こんな不思議な感触の生き物がいるんですか？」

「はい、見た目は大きなトカゲのような魔獣でして、比較的大人しい部類のものなのですが、その魔獣の革を鞣すとこのように弾力と厚みのある不思議な感触の革が出来上がるのです」

「そうなんですね！」

魔獣の一部を魔道具の素材に使うのは知っていた。

でも、てっきりそれ自体に魔法を付与するとか、何か細工をするとか、そういう感じで、こんな風に車輪とかに使うとは思ってもいなかった。

確かにこの弾力と柔らかさなら床を傷める心配は少ないだろう。

「あ、掃除機を沢山作るとしたら、その魔獣を獲りすぎていなくなってしまう、みたいなことになりませんか？」

わたしの問いにマーウッドさんが微笑んだ。

「その心配はございません。この魔獣は一年を通じて繁殖することが出来る上に、一度の繁殖で十から二十ほど子を生みますので、もし必要があれば何匹か捕まえて専用に繁殖させることも可能です」

しかしこの大きなトカゲみたいな魔獣は数がかなりいるので、よほど大量に狩らない限りは問題ないだろうということだった。

ちなみにそれほど強くなく、結構そこら辺にいるそうだ。

肉はそれなりに美味しいけれど、この弾力のある革は捨てられてしまうことが多い。

革なのに断熱性があまりなく、厚みがあるので重く、やや硬く、身につけるには適さず、あまり使い道がなかったようだ。

「従来の車輪は木製が主流ですが、それでは床を傷付けてしまうため、適度な弾力と柔らかさ、そして重みをかけても壊れにくいという点から選ばせていただきました」

他にもいくつかの素材を試したが、これが一番床を傷めにくくて、値段も安価で、軸に巻いて熱をかけて焼き付けるとしっかりくっつくから外れないのだとか。

蛇腹部分は普通の革で、本体はやっぱり陶器だった。陶器は、見た目は良いけれど重い。

胴体にも持ち運ぶ用の取っ手があるけれど、実際に持たせてもらったらかなり重かった。

前世の一般的な掃除機だってそこそこ重みがあったが、陶器製となるとこちらはより重くなる。

女性がこれを持って階段を上がるとか、広い屋敷の中を移動するとか、そういったことを考えるとあまり現実的な重さではない。

目の前でマーウッドさんが試作品を使って見せてくれた。

ツマミを回すと掃除機に焼印された魔法が起動して、床に置いた紙を優しく吸い寄せる。

これが一段目で、持ち手部分に魔力を流すところがあり、そこに魔力を通さない限り、ツマミを回しても魔法式は作動しない。

二段目にすると紙が吸い口にぺったりくっついた。

三段目にすると吸い付いた紙がクシャッとなる。

この三段目にすると粉も容易に吸い込めた。

ツマミを最初の位置に戻すと止まる。

胴体部分の上部は開けられるようになっていて、ちょっとティーポットに近い感じだ。そこを開ければ中に革製の袋が入っていて、それに吸い込んだゴミが入るような仕組みになっていた。

　吸い込んだ空気は胴体の後ろから排出されている。

「あの、わたしもちょっと持ってみてもいいですか？」

「ええ、もちろんです」

　マーウッドさんから掃除機を借りる。

　起動しないと分かっているけれど、ツマミを動かしてみたり、吸い口を床に当てて動かしてみたり、ゴロゴロと掃除機を引き連れて部屋の中を歩いてみる。

……うーん……？

　見た目は良く感じたが、こうして試しに触ってみると、思っていたのと違うのが分かった。

　つい首を傾げたわたしにアルフリード様が近寄ってくる。

「いかがですか？」

　アルフリード様を見上げる。

　わたしみたいな素人があれこれ言っていいのか。ここまで再現してもらっただけでも良しとするべきなのかもしれないし、でも、これだと多分、女性には色々と扱いにくい。

　悩んでいると頭にアルフリード様の手が触れた。

「思ったこと、感じたことは隠さずに言って良いのですよ。妥協も必要ですが、それはどうしても改善出来ない場合であって、改善の余地があるものは直すべきですから」

　……アルフリード様って凄いなあ。

わたしの思ったことを見抜かれてる気がする。

「あの、いくつか気になるところがあるんですが……」

それから、わたしは気になったことを伝えた。

まず一つ目が重さだ。男性ならばあまり気にならないかもしれないが、女性がこれを家の中で持ち運ぶことを考えると、もう少し軽くないと扱いづらい。

二つ目は長さ。工房にいるのが男性ばかりだからなのか、少し首の部分が長すぎてわたしが取っ手部分を持つと頭と首の接合部付近が少し床に当たってしまう。

三つ目は首の接合部が外しにくいこと。女性が外すにはきつそうだ。これも男性なら恐らく問題なく外せるくらいだが、女性が身体強化なしで外そうとするとそれなりに力が必要だ。

四つ目は吸い口部分のブラシ。床なら問題ないが絨毯だと傷めてしまうから、もう少し柔らかいブラシか摩擦の少ない布が良いだろう。

「音があまりしないのは使用人には嬉しいと思います。あまりうるさくすると怒る人もいますし、貴族のお屋敷で働く人が使うにしても、自宅で使うにしても、騒音がないのは素晴らしいです！」

吸引力に関しては弱がちょっと弱すぎるかな、というぐらいで予想よりも良い感じであった。

掃除機のあのキュイーンガガガーという音、人によっては凄く不快に感じることもあるため、静音仕様なのは嬉しい誤算だった。それに騒音が酷いと貴族の屋敷では採用されない。

胴体後部から出る空気は魔法を使っているからか綺麗で、掃除機特有のあの何とも言えない臭いもしない。無臭の風が後ろからふわーっと出るだけだ。

　良い点もいくつかあって、それも伝えたが、職人さん達はわたしが返した掃除機を取り囲んで話し始めた。

　主に重量をいかに軽くするかと耐久性を持たせるかということで、首の長さや接合部の固さについては実際、女性に使ってみてもらい確かめることとなった。

　ちなみにそれに関してはアルフリード様の。

「いくつか種類を作って我が家の使用人達に使わせて意見を聞いてみればいい」

という一声であっさり決まった。

　首の長さと接合部の固さについては、いくつかバリエーションを作り、それを試しに使ってみて最も好評だったものにするようだ。

　重さについては陶器製の他にも色々と試してみるそうだ。

　今の半分ほどの重さだと女性でも楽々持てるのだが、さすがに半分は無理でも、三分の二くらいまで軽くなったら大分違うと思う。

　職人さん達があれこれと話し合っている。

　アルフリード様はともかく、わたしは話についていけないのでそれを眺めた。

　……なんか、なんだろう、ドキドキする。

　自分の欲しかったものが、まだ不完全とは言えど目の前にあるという事実に感動しているのかもしれない。

「でも、勝手に決めて良かったんですか？」

アルフリード様にこっそり問いかける。

「使用人の皆さんの仕事が増えませんか？」

アルフリード様が首を傾げた。

「そうですか？　見たところ、あれを使えば床を箒で掃くよりも効率が良さそうですし、掃除機が使えるようになれば使用人達のためにもなりますから、結果的にはそう負担にはならないと思いますよ」

この掃除機を主に使うのは使用人だろう。だからこそ使用人に使ってもらい、欠点を洗い出した方が商品化した時に彼らが使いたがるし、購入してもらいやすくなる。

こちらにとっては購入してもらう可能性が高くなり、購入者側からしたら使い勝手が良くなる。

「なるほど？」

わたしが首を傾げつつ頷けば、アルフリード様が目を細めて、わたしの頭をまた撫でた。

「何より実際に使ってみなければ品物の良し悪しは伝わりません。もし使用人達が欲しいと言えば、我が家は購入するでしょう。そうすれば公爵家御用達の品と謳い文句がつけられますよ」

……アルフリード様、ちょっと早くない？

まだ試作品第一号が出来たばかりなのに。

だけど、前向きに考えてくれているのが嬉しい。

そんなものと適当に扱わず、こうして工房を紹介してくれたり、製作に携わってくれたり、真面目に付き合ってくれるなんて。

「でも、アルフリード様のお家の名前を使ったら『婚約者が発案したものだから贔屓してる』とか言われませんかね？」

「そういう人には売らなければ良いのです」

「なるほど」

そういうところは前世とは違う。前世では商品を売り出す時には販売側がどちらかというと低姿勢になって「どうぞ買ってください」と言う感じなのだ。

だがアルフリード様は「文句を言うなら売らないし、買わなくて良い」というスタンスだ。

……強気な姿勢だなあ。

前世では少し考えられなくて、ちょっと笑ってしまった。

◇◇◇

「ミスタリア嬢はお茶会に興味がありますか？」

昼食の時間にアルフリード様にそう問われた。

……お茶会？

口の中のものを飲み込んで答える。

「いえ、特には……？」

友達とのお茶会はたまにするけれど、社交という意味でのお茶会に出席したことはない。

でも何故急にそんなことを訊いてくるのだろうか。

「実は母のところに連日お茶会の誘いの手紙が多く届いているそうなのですが、ほとんどがミスタリア嬢も一緒にと書かれているそうです」

「え、わたしも？」

「先日婚約して、私達はそれなりに話題の人ですから、興味本位で声をかけてくる者も多いのですよ」

……そうなんだ。

アルフリード様が社交は別にしなくても良いと言ってくれているので、お言葉に甘えてしまっているものの、やっぱり少しくらいは社交をした方がいいのかもしれない。

だけどマナーの面でちょっと不安がある。

礼儀作法はそれなりに習ったけれど、あくまで子爵家の令嬢に必要な程度なのだ。

公爵夫人が招待されるような爵位が高い家々でのお茶会に出るには多分、わたしはマナーが足りてない気がする。

「ああ、大半は断っているようです。ミスタリア嬢は見世物ではありませんから」

アルフリード様の言葉にホッとする。

「断っていただけて良かったです。正直、わたしは子爵令嬢程度の礼儀作法しか学んでいないので、お茶会に参加しても笑われてしまうと思います」

わたしの言葉にアルフリード様が納得したような顔をする。

貴族と一括りに言っても色々あるのだ。

特に爵位の低い家と高い家では、学ぶ作法の幅が違い、基本的に爵位が落ちるほど教育の度合いは下がっていく。わたしの場合は最低限の教育しか受けていない。

子供の頃はまだ良かったが、両親が亡くなってからは女家庭教師《ガヴァネス》も雇えなかったので、わたしが覚えているのは子供の頃のものくらいだ。

次期当主となるイシルの家庭教師を雇うだけで精一杯だったから。

……まあ、元々勉強は苦手なんだけどね！

「ただ、先日届いた手紙だけは断れなくて……」

アルフリード様が言って、手紙を取り出した。

既に封の切られたそれは、宛名はディアナ様だけれど、わたしへ差し出されるということは読んでもいいのだろう。受け取り、中の便箋を出して読む。

内容は季節の挨拶から始まり、取り留めもない内容が書かれていたが、途中からお茶会へのお誘いになっていた。

そこには「先日リルファーデ子爵令嬢をお茶会にお誘いしたけれど、不備があり、楽しめなかったので今度は是非楽しんでいただきたい」といった内容があった。

手紙の差出人は覚えのない名前だ。

…………あ。

「知っている方ですか？」

アルフリード様の問いに頷き返す。

「この間、王城の使用人というか、メイドさん達のお茶会に招待されてちょっとだけお邪魔させてもらったんですけど、その時一緒にいた誰かだと思います。……多分」

「相手は名乗らなかったのですか？」

「ええ、誰も名乗らなかったですね」

アルフリード様の眉根が寄る。

初めて参加するお茶会や初対面であれば、当たり前だが参加者が名乗り、互いを知るのが普通である。そうしなければ誰が参加しているのか分からないからだ。

「わたしも名乗らなかったのでお互い様ですよ」

自己紹介されなければ名乗る必要もない。

それにわたしとしては、あの場限りにするつもりだったので、名乗られて縁が出来ても困る。

「でも、このお茶会には参加しないといけないですね。わたしのためにお茶会をやり直したいと書いてありますし、これで断ったらこちらが悪者にされるかもですし」

それに差出人は侯爵令嬢なので、子爵令嬢に過ぎないわたしが断るのは難しい。

……公爵夫人のディアナ様ならともかくね。

アルフリード様が心配そうにわたしを見る。

「大丈夫ですか？　嫌なら、母に頼んで断っていただいても構いませんよ？」

それに首を振る。

「いえ、行きます。ただ礼儀作法について学び直したいので、良い先生を紹介していただけたら助かります」

リュディガー公爵家からの援助もあり、今のリルファーデ子爵家は生活に困らなくなった。

それどころかイルンストン伯爵家との取引内容が変わったこともあり、余裕がかなり出来て、今ならば女家庭教師も雇えるそうだ。

手紙に書かれている日は二週間後なので、それまでに、せめてお茶会に参加しても大丈夫なくらいには礼儀作法を叩き込んでおかなければ。

アルフリード様が言う。

「それならば母に頼んだ方がいいでしょう。もし相手に難癖をつけられても、教えたのが公爵夫人となれば、それ以上は何も言えないですからね」

……え、ディアナ様に？

「ご迷惑じゃないですか？」

「そのようなことはないと思いますよ。むしろ母はミスタリア嬢ともっと仲良くしたいと言っていましたから、大丈夫でしょう」

「そうなんですね」

わたしもディアナ様とは仲良くしたい。

華やかな美女で、お歳を重ねても、年老いたという感じのない素敵な人だった。

……結婚したらお義母様《かあさま》になるし。

確かに、公爵家に相応しい礼儀作法を教えてもらう約束もしている。

「ディアナ様がよろしければ、お願いしたいです」

「ええ、訊いておきます。ですが、きっと母は喜んで引き受けてくれますよ」

そしてアルフリード様の予想は当たった。

ディアナ様はわたしの礼儀作法の先生を引き受けてくれて、休日に、公爵家に行くことになった。しかもアルフリード様も教師役を買ってくれて、普段の食事の時にも、食事をしながら色々と教えてくれるそうで心強い。

……さあ、礼儀作法も頑張るぞ！

◇◇◇

「ミスタリア嬢、もっと指をカップに添わせて。でもカップに触れてはダメよ。それと小指は立てすぎないように」

「は、はいっ」

休日、わたしはリュディガー公爵家を訪れていた。

綺麗に整えられた庭園の一角に大きなパラソルが立てられ、そこにティータイムの準備がされ、わたしはディアナ様と向かい合ってお茶をする。

　基本のマナーはそれなりに分かっているので問題ないと言われたけれど、所作についてはダメ出しばかり受けている。

　……まあ、それもそうよね！

　イルンストン伯爵令息と婚約していた時も社交にはデビューしてなかったし、彼に会う時以外はわりと自由に過ごしていたので、礼儀作法なんてあってないようなものだった。

　自分でも、貴族らしくないのは分かっている。

　どちらかと言えば平民寄りだろう。

「そう、紅茶をいただく時は必ずソーサーを持って、もう片手でカップを持つのよ。動きはゆっくりと優雅にね。喉が渇いているからと言って一気に飲むのは良くないわ」

　そう言いながらディアナ様がカップに口をつける。

　何気ない動き一つ一つが洗練されていて、優雅で、美しく見える。

　そういえばアルフリード様も所作が綺麗だ。わたしより体は大きいが、荒々しさがない。

「カップを両手で持つと『温度が適切ではない』という意味に、一気に飲み干すと『話がつまらない』という意味に、お茶にもお菓子にも手をつけないと『出されたものに不満があります』という意味になるわ。けれど、出されたものに手をつけないのはマナー違反だから、苦手でも、最低一口は食べたり飲んだりするものね」

　ディアナ様の話を頭に叩き込む。

　ソーサーとティーカップを持ち、優雅に見えるように、丁寧に持ち上げて、そっと口をつける。

……この紅茶凄く美味しい！

声を上げそうになるのをグッと堪える。

「どうしても食べられないものだった場合はどうすればいいのでしょうか？」

「その時はアレルギーがあると言えばいいのよ。それなら、どちらの体面も傷付かずに済むわ」

「なるほど」

お皿に取り分けられたケーキを食べる。

フォークで小さめに取り、口へ運ぶ。

……ん～っ、これも美味しい！

ラズベリーをたっぷり使ったチーズケーキだ。濃厚だけど柔らかくて口の中であっという間に消えてしまうふわふわのチーズ部分に、甘酸っぱいラズベリーソースがよく合っていて、下はサクサクとした食感になっている。

思わず頬に手を当ててしまう美味しさだ。

……色々覚えるのは大変だけど幸せ……。

ゆっくり一口、二口と食べていると、ディアナ様から視線を感じた。

「ミスタリア嬢は本当に美味しそうに食べるわね」

「はい、とても美味しいので。こんなに美味しいケーキを毎日食べられるなんて羨ましいです！」

「声が少し大きいわ」

「あ、ごめんなさい……」

　指摘されて肩が落ちる。

　確かに貴族のご令嬢にしたら、わたしは元気すぎるのだろう。

　貴族のご令嬢はいつも微笑んでいて、声を荒げたりせず、お淑やかで、か弱いもの。

　……わたしとは反対だなあ。

　ディアナ様が苦笑する。

「私《わたくし》からしたら、ミスタリア嬢の明るさや元気さは好意的に感じるけれど、他の人もそうとは限らないわ。特に貴族のご令嬢からしたら、礼儀作法がなってないと思われることもあるの」

「はい……」

「今になって所作を直すのは大変でしょう。でもね、所作が綺麗で、礼儀作法がきちんと出来ている人というのはそれだけで美しく見えるのよ」

　ディアナ様の言うことは分かる。

　どんなに外見が美しい人でも所作が荒々しかったり、マナーが悪かったりしたら嫌われる。

　逆に平凡な外見でも、所作が綺麗で、マナーもきちんと守れる方が良く見える。

「わたし、頑張ります」

　自分のためにも、公爵家のためにも、アルフリード様のためにも。

　わたしの所作やマナーが悪いと、婚約者として選んだ公爵家やアルフリード様まで悪く言われるかもしれない。

それにディアナ様の言う通り、所作を綺麗にして、もっと礼儀作法を身につけて、アルフリード様の横に並んでも馬鹿にされないくらいにはなりたい。

　意識して背筋を伸ばす。

　……わたしだって貴族なのだ。

　淑女らしく振る舞うことも出来るはず。

「そうよ、良い姿勢ね。何か食べたいものがあったら、使用人を呼んで取り分けてもらいなさい。手を伸ばすとドレスの袖を汚してしまうから」

「はい」

　他にも綺麗に見える食べ方やお茶を飲む速度についても教えてもらった。

　お菓子は自分側から切って食べる。

　紅茶を飲む時、熱ければ、少しだけ飲んだふりをしてティーカップを戻せばいい。

　出来るだけ食器同士はぶつけないように使い、ソーサーにカップを戻す時はやや斜めにゆっくりと置くと良いけれど、中身をこぼさないように注意する。

　お茶会の間は極力席を立つべきではないので、紅茶を飲みすぎないこと。

　ティーカップやソーサーの持ち方から椅子の座り方、姿勢、食事、全部が直される。

「ディアナ様は凄いですね」

　当たり前みたいに全部出来ている。

「私は子供の頃から厳しく教育されているのよ。これでも元は王家の姫だったのだもの、幼いうちから婚約が決まっていて、公爵家に嫁ぐために色々学んだわ」

「え、王族でいらしたんですか⁉」

思わず大声を上げてしまったわたしにディアナ様が目元を和ませた。

「やっぱり気付いていなかったのね」

ふふ、と微笑んだディアナ様はとても美しかった。

……うわあ、凄く綺麗～‼

思わずニコニコしているとディアナ様に訊かれた。

「ねえ、もしミスタリア嬢が良ければ、私のことをお義母様《かあさま》と呼んでくれないかしら？　アルフリードと結婚したらあなたは義理の娘だし、その、お茶会でも私達が母娘のように仲良くしている方があなたに突っかかってくる人も減ると思うのよ」

「……ダメかしら？」と問われる。

わたしはディアナ様の言葉に驚いたけれど、同時にとても嬉しかった。

母も父も亡くなって、今はもう、そう呼べる人達がいないから。結婚したらアルフリード様のご両親はわたしの義理の両親にもなるのだし、今からそう呼んでも不思議はない。

婚約を結んでいるうちからそうやって親しくするのはよくあることだ。

「あ、ミスタリア嬢が嫌ならいいのよ？　ただ、あなたはご両親を亡くされているし、代わりというわけではないけれど……」

言いながらディアナ様の眉が下がっていく。

その気遣いが嬉しい。確かに母は母であって、ディアナ様は母の代わりにはなれない。

でも、それは当然のことで、ディアナ様はディアナ様なので、母の代わりをしてほしいわけでもない。だけど、義理の両親として、もう一人の母としてなら凄く仲良くしたい。

「ありがとうございます、お義母様」

ディアナ様がピタリと止まった。

「わたしのことはミスリルと呼んでください。親しい人はみんな、そう呼びますので」

「そうなのね、ではこれからはミスリルちゃんと呼ぶわ」

ほわ、と胸が温かくなる。

久しぶりに『おかあさま』と口に出した。

胸が喜びで打ち震えている。

……お母様、わたし、良い家族が出来そうです。

嬉しそうに「ミスリルちゃん」と呼ばれて、わたしは微笑んだ。

「はい、お義母様」

少し泣きそうになったのは秘密である。

……今度、イシルも連れて来ていいか聞いてみよう。

きっとイシルディンも公爵家の方々と仲良く出来るだろう。

そして、公爵家の方々も弟に良くしてくれるだろう。

そんな確信に近い予感があった。

◇◇◇

ここ数日、ミスタリア嬢は母の話ばかりする。

先日我が家に来て、母から礼儀作法について教えてもらったことが彼女にとってはかなり嬉しかったようだ。母とミスタリア嬢はどうやら仲良くなれたらしい。

ただ、まさか彼女が母のことを「お義母様」と呼び始めたことには驚いた。

けれど、同時に嬉しくもある。

ミスタリア嬢が母と親交を深めてくれることもそうだが、それ以上に、母を義母と呼ぶということは、自分と結婚することを前提に考えてくれているから。

「それで、お義母様が今度、イシルを連れて遊びにいらっしゃいっておっしゃってくれて。まだ予定は決まっていませんけど、楽しみですっ」

楽しそうな彼女につい、問いかけてしまった。

「母と私なら、どちらが好きですか？」

「え？」

キョトンとするミスタリア嬢に我へ返る。

何とも恥ずかしい質問をしてしまった。

「あ、いえ、何でもありません……」

母と彼女の仲が良いのは嬉しいことだ。それなのに、彼女があまりにも母の話ばかりして、手紙のやり取りまで始めてしまって、少しばかり母に彼女を取られた気分だったのだ。

そうだとしても恥ずかしいことを口にした。

「すみません、今のは忘れてくださ――……」

彼女にガシリと手を掴まれた。

「アルフリード様です」

暗い紫の瞳が見つめてくる。

「お義母様とアルフリード様なら、アルフリード様の方が好きです！」

ギュッと手を握られた。

そして彼女が「そもそも！」と身を乗り出した。

「お義母様が好きなのは、アルフリード様のお母様だからというのもあります。アルフリード様のお母様だから仲良くしたいし、確かにお義母様はお優しいし、綺麗だし、素敵な方ですけど、全部『アルフリード様のご家族だから』なんです！」

……ああ、そうだよね。

自分も、彼女の弟と仲良くやっていきたいと思う。

それは、イシルディンが好感の持てる人間だからでもあるけれど、一番の理由はミスタリア嬢の家族だからだ。好きな人の家族とも仲良くしたい。

自分を受け入れてほしいと思う。

相手の家族に認められたい。

そういう気持ちが自分にもあった。

「お義母様が良い人なのは分かっていますが、アルフリード様がいなかったら、そもそもわたしがお義母様と関わることなんてなかったんです」

彼女が嬉しそうに笑う。

「アルフリード様、わたしに母と呼べる人を引き合わせてくれて、ありがとうございます。父も母も亡くなってしまって、家族はもう弟しかいなかったわたしに、また『お義母様』『お義父様』と呼べる機会を与えてくれて、ありがとうございます」

その言葉にハッとする。

彼女の両親は既に亡くなっており、もう、父や母と呼べる人はこの世にいない。

そしてイルンストン伯爵令息に婚約を破棄された時に、きっと、全て諦めたのだろう。

ミスタリア嬢の手を握り返す。

「父や母とは仲良く出来そうですか？」

彼女が頷いた。

「はい、公爵様とはご挨拶の時以来話せていないけれど、きっと大丈夫です。それにお義姉様とお義兄様とも手紙のやり取りをしているので！」

「待ってください、いつ兄とそんな話をしたのですか？」

「お義母様がわたしと手紙のやり取りをしていると話したら、お義姉様とお義兄様も、と話が進みまして」

……いつの間に？

大切な家族と婚約者の関係が良好なことが素直に嬉しかった。

でも、それが嫌ではなくて。

だけど、それとこれとは別である。

「私とは手紙のやり取りはしてくれないのですか？」

片手を伸ばして彼女の頬に触れる。

柔らかくて、もっちりした頬は触り心地が好い。

「えっと、アルフリード様とお手紙を交わすのもいいですけど、やっぱりこうして直接会ってお話ししたいので……」

照れた様子で言われて、可愛いと思う。

手紙のやり取りも悪くないものの、彼女もアルフリードと会って話すことの方が好きらしい。

自分も手紙よりは会って、彼女の顔を見ながら話したい。

「私もそうです。すみません、これも私の我が儘ですね。……あなたのことになると、つい独り占めしたいと思ってしまうのです」

自分でも不思議に感じるほどだ。

彼女の心を疑っているわけではないが、彼女が誰かに笑顔を向けると心配になる。

笑顔を向けられた相手が彼女に惹かれてしまわないか。誰か他の男が彼女に近付かないか。手を伸ばそうとするのではないか。

彼女はきっと他者から告白されても断ってくれるだろう。

それでも、彼女が告白をされるということ自体が少し嫌だった。

……まさか、こんなに執着が強いとは。

今まではどんな物でも、人でも、自ら掴もうとすることはなかった。

……だからこそなのだろうか。

そっと婚約者を抱き寄せる。

「自分でも戸惑うくらい、ミスタリア嬢を想っているのです。それこそ自分よりも大事に感じています」

彼女が腕の中にいると心底安心する。

「わたしも、自分でもビックリするくらいアルフリード様が好きです。わたし自身よりもアルフリード様のことが大事です」

「では私達は相思相愛ですね」

「はい、相思相愛です！」

彼女がギュッと抱き着いてくる。

一瞬、ドキリと鼓動が跳ねたが、最近はこういうスキンシップにも慣れてきて、以前のように変化しかけるようなことはなくなった。

少し前まではミスタリア嬢と軽いスキンシップをするだけで、瞳孔が開きかけ、肌に僅かに鱗模様が浮き出てしまって、それを見せないために彼女を抱き締めていたが、今はそういうこともなくなりつつある。

……いずれ、この呪いについて、王家から彼女に伝えられる。

その時、彼女は受け入れてくれるだろうか。

……受け入れてくれそうな感じはする。

彼女は蛇が平気だし、普通のご令嬢とは違う。

せめて嫌わないでくれたらいい。

「そうだ、せっかくですからイシルを連れて公爵家に遊びに行かせていただく時は、アルフリード様も一緒にどうですか？　アルフリード様と、イシルと、お義母様と、わたしの四人でお茶をするんです！」

見上げてくる暗い紫の瞳がキラキラと輝く。

「どうせならば皆でお茶をしましょう。父や兄夫婦も一緒に。その方が皆も喜びます」

イシルディン＝リルファーデは可愛らしい外見の少年だ。まだ成人前で、顔立ちは姉であるミスタリア嬢と似ていて、そして色味は彼の方が少し淡い。

母はきっと可愛がってくれるだろう。

兄もアルフリードも母の手を離れてしまい、常々、母は「寂しい」とこぼしている。

ミスタリア嬢の弟君にも良くしてくれるはずだ。

兄のアーノルドと義姉のリュミエラもまた、彼を構いたがるだろう。

自分もイシルディンと仲良くしたいし、彼に義兄《あに》と呼ばれたのが嬉しかった。

次男であり、末っ子だったので、下に兄弟が出来るのは密かな夢でもあった。

「そうですね、家族みんなでワイワイしましょう！」

父と兄もとなると少々間は空くかもしれないが、家族が集まると母も喜ぶ。

家族と好きな人、そして好きな人の家族。全員が揃って賑やかなお茶会をしたら楽しいだろう。

「アニー……、子供の頃から仕えてくれているメイドがいるんですけど、アニーのミートパイも持って行きますね！　絶品なんですよ！」

「前にご挨拶に行った際に食べたクッキーを作ったメイドですね」

素朴だけど、どこか懐かしさを感じさせる、美味しいクッキーを作るメイド。

「そうです、覚えていてくれて嬉しいですっ。アニーのミートパイは父や母も好きで、領地にいた頃は特別な日に食べられるご馳走だったんです」

そのミートパイを思い出したのか、笑う彼女の顔は幸せそうだった。

「絶対に焼いてもらえるようお願いします！」

「それは楽しみですね。あのクッキーも非常に美味しかったので、期待しています」

「はい、手紙に書いておきます。アニーはわたしと弟には甘いので、きっと焼いてくれます！」

ふふ、と彼女が笑った。

それを目にすると、気持ちの向くまま、婚約者の前髪にキスをした。

「そのメイドの気持ち、よく分かりますよ」

自分が同じ立場だったとしたら、ミスタリア嬢に頼まれたことを断ることなど出来ない。

むしろ今までで一番美味しいものを作ろうと奮起するだろう。

彼女は驚いた顔をして、そして頬を染めた。

「確かにアルフリード様もわたしに甘いです」

その自覚はある。

「ミスタリア嬢は私の可愛い婚約者ですからね」

「……わたしも、多分、アルフリード様に甘いです」

「それは良いことを聞きました」

もう一度、彼女の前髪にキスを落とす。

「ミスタリア嬢、どうか私に、私だけの特別な呼び方を与えてはくれませんか？」

ミスタリア嬢と呼び続けているが、本当は特別な愛称で呼びたい。

呼び捨てではイルンストン伯爵令息と同じで。

ミスタリルではその他大勢と一緒になってしまう。

アルフリード＝リュディガーだけの特別な呼び名が欲しい。

そう言えば、彼女の瞳が揺れるように煌めいた。

「……じゃあ、ミスティって呼んでください」

囁くような小声で教えられた。

「父と母だけの、わたしの愛称です。一番大切な呼び方で、アルフリード様には、そう呼んで欲しいです」

……それは確かに大切な愛称だ。

今は亡き両親から呼ばれていたものならば、きっと、思い出も沢山あるだろう呼び方。

「ミスティ」

ミスリルという呼び方とはまた違う、女の子らしい、可愛らしい愛称だ。

「ありがとうございます、ミスティ」

彼女の手を取り、指輪の上から口付ける。

「あなたの一番大切な呼び名を許してくれて」

ぽた、と音がする。

顔を上げれば、彼女の頬を涙が伝い落ちた。

◇◇◇

懐かしい呼び方に涙があふれ出す。

もう、誰も呼んでくれないだろうと思っていた呼び名だからか、心が震える。

「ミスティ」

アルフリード様に抱き締められる。

その温もりに何故だか両親を思い出した。

一度思い出してしまうと、父と母と弟と四人で暮らしていた頃の楽しい記憶ばかりが頭を過る。たった数年前まで、幸せだった。裕福とまではいかずとも、家族四人で、少ない使用人と共に身を寄せ合って暮らしていた。懐かしくて、切なくて。

「ご、ごめんなさい……っ」

拭っても拭っても涙が止まらない。

今になって、父と母を喪った悲しみがやってきた。

「いいのですよ。泣きたい時には泣いてください。ここには私とミスティ以外はいません」

アルフリード様の大きな手が頭に触れる。

ゆるゆると優しく頭を撫でられて、その温かさに更に涙腺が緩んだ。

「も、っと、お父様と、お母様に、生きてほしかったです……っ」

「ええ、そうですね」

「アルフリード様を、紹介、したかった……！」

父も母も最初は驚くだろう。

イルンストン伯爵令息との婚約破棄に怒ってくれて、慰めて、励ましてくれただろう。

もしかしたら「無理に結婚しなくていい」と言ってくれたかもしれない。

公爵家と縁続きになることに凄く驚いて、多分アルフリード様が格好良くて更に驚いて、あまりの条件の良さに愕然としたかも。

「私もミスティのご両親にお会いしたいです」

ギュッと抱き締められる。

「直には会えませんが、いつか、リルファーデ子爵家の領地に行って、きちんとご両親にご挨拶させてくださいね」

アルフリード様の優しい声に涙が止まらない。

返事が出来なくて何度も頷いた。

父も母も、とても驚いて、でもきっとわたし達の婚約を認めて、祝福してくれただろう。

……こんなにも会えないことがつらいなんて。

父と母とアルフリード様が並んで立つ姿を見ることは叶わない。

それが一番悲しかった。

だけどアルフリード様が愛称を呼んでくれる。

父も母ももうそばにいないけれど、アルフリード様がそばにいてくれる。

だから、悲しいしつらいけど、大丈夫。

「絶対、挨拶にいきましょう……！」

その日まで、沢山、父と母に話せることを作っておくから。

亡くなった二人が心配しなくてもいいくらい、わたしは元気にやってるよって伝えよう。

わたしが顔を上げれば、アルフリード様はしっかりと頷いてくれた。

◇◇◇

お義母様とアルフリード様からマナーを習うこと二週間。

ついにお茶会の日が訪れた。

その日は半休をもらい、午前中は仕事をして、昼食を摂らずに仕事が終わってすぐにリュディガー公爵家に向かった。

アルフリード様が馬車を貸してくれて、とてもわたしのことを心配してくれた。

「何か困った時は母に頼ってください。……本当は私も行けたら良かったのですが……」

心からそう思っているようだったので笑ってしまった。

「今日はご令嬢だけのお茶会ですから、アルフリード様が急に行ったら他の人達が困ってしまいますよ」

「それはそうですが……」

「大丈夫です。どうしても困った時は、お義母様を頼らせていただきますので」

そう言って、心配するアルフリード様を王城に置いて、わたしは一人で公爵家に行った。

その後は昼食を摂る暇もなく、慌ただしく入浴して肌や髪の手入れをしてもらい、ドレスを着て、お化粧をして、髪を整えてとお茶会への準備を行った。

午後の三時に相手の家に行かなければならないため、二時間少々で準備を終えてくれて、公爵家の皆さんには大変申し訳なかった。

けれど、おかげでわたしは婚約発表の日と同じく可愛らしいご令嬢になった。

馬車に乗って、相手の家に向かう中でやっと一息吐ける。

「お義母様、本日はよろしくお願いいたします」

今日のお義母様はいつにも増して美しい。

「ええ、任せなさい。何かあっても私《わたくし》がきちんと助けるわ。だからミスリルちゃんは堂々としているのよ」

「はい、分かりました」

わたしも今日はかなり華やかなドレスだ。招待されたお茶会でこんなに華やかな衣装で良いのかと疑問になったけれど、お義母様曰く「第一印象が大事なの」ということらしい。

相手を一瞬でも怯ませられればいいそうだ。

「こういうのは先手必勝よ」

ちなみに、お義母様にはアルフリード様には秘密でと前置きしてあのお茶会の件を伝えてある。

……まあ、別にアルフリード様に言ってもいいんだけどね。

そうしたらきっとアルフリード様はとても怒ってくれるだろうが、女性同士の争いに男性が入ると余計拗れるのと、そこまで酷い嫌がらせではなかったので黙っている。

でもアルフリード様のお母様というだけあって、わたしがお茶会の話をしたら、お義母様はかなり怒ってくれた。

席もお菓子もお茶も用意せずに相手を招待するなんて、それこそ侮辱だと言っていた。

実際、そういう意味があったのだと思う。

わたしを笑いものにして、侮辱して、困らせて、嫌がらせをするつもりだったのだろう。

お義母様はわたしの対応について怒らなかった。

そのままお茶会に参加して、後から「招待されたのにお菓子もお茶も出なかった」と言うことも出来たと指摘はされたものの、相手の人数の方が多いから、結局言ったところで覆される可能性も高い。

「その時の彼女達の様子は見物だったでしょうね」

お義母様は笑ってそう言ってくれた。

でも今回はきちんと招待されているので、そこまで強気に出るつもりはない。

ちゃんと席とお菓子とお茶さえ出してくれるなら文句はない。

そうこうしているうちに相手の家へ着く。

お義母様とわたしを招待してくれたのはウェルズ侯爵家のバルバラ＝ウェルズ侯爵令嬢だ。

名前を聞いても正直誰か分からない。

あの六人のご令嬢のうちの誰かではあるのだが、名乗られなかったので、分かるはずもない。

侯爵家のお屋敷に到着し、中へ通される。

お茶会はどうやら外で行われるようで、庭園に出て、やや大きな東屋に案内された。

そこには既にティータイムの準備が出来ており、ほとんどの招待客は揃っているようだった。

お義母様とわたしを見て、全員が席を立つ。

「リュディガー公爵夫人、リルファーデ子爵令嬢、ようこそお越しくださいました」

席を勧められて座る。

全員が着席すると、銀髪のご令嬢が微笑んだ。

「リュディガー公爵夫人にご出席いただけて本当に光栄です。……私はウェルズ侯爵家の長女バルバラ＝ウェルズと申します。リルファーデ子爵令嬢には前回はご挨拶も出来ず申し訳ありませんでした」

前半はお義母様に、後半はわたしへ向けて言われる。

お義母様はニッコリ微笑んだだけだった。

「いいえ、お気になさらず。改めまして、リルファーデ子爵家の長女ミスタリア＝リルファーデと申します。本日はお招きくださり、ありがとうございます」

「色々なお菓子をご用意したので、今日は是非楽しんでくださいませ」

「はい、お言葉に甘えさせていただきます」

前回とは随分と対応が違う。

……お義母様効果かな？

恐らく、この場で最も立場が上なのはお義母様だ。爵位的にも年齢的にも。

だからお義母様の連れてきたわたしに難癖をつけることも出来ないのだろう。

……まあ、でも、所詮おおっぴらにそう出来ないってだけなのよね。

　取り分けられたお菓子をお茶と共に楽しみつつ、ご令嬢達とのお喋りに興じる。

　大半はわたしへの質問だったが。

　どうやら、わたしとアルフリード様の婚約が気になるらしい。

　と言うか多分アルフリード様の婚約者がわたしということが不満なのだろう。

「リルファーデ子爵令嬢とリュディガー公爵令息の出会いはどこでしたの？」

「宮廷魔法士団・紫水の区画です。わたしが使用人として働き始めたのが出会いでした」

「まあ、そうなのですね」

　こういう質問は別にいいのだが。

「そういえば、リルファーデ子爵令嬢を社交界でお見かけすることがありませんでしたが、何かご事情が？」

　わたしの家の事情を知っていて、あえて知らないふりをして訊いてくるウェルズ侯爵令嬢は確実に性格が悪い。

　箔付けのために王城で働くメイド達とわたしとでは事情が違う。わたしは家が貧乏だから働いている。それを大勢の前で言うとなれば、普通であれば恥ずかしくて口ごもってしまうだろう。

　でも、わたしはそんなことはない。

「ええ、実はわたしは社交界デビューをしていなくて……。三年前の不作と流行病で両親を亡くしてしまい、少々経済状況が厳しかったものですから」

「あら、では家のために働いていらっしゃるのね」

「貴族のご令嬢としては、ちょっとねえ？」

クスクスと笑うご令嬢達だが気にならない。

……何故かって？

隣に座るお義母様から怒りのオーラがにじみ出ていて、そちらの方がずっと気になるからだ。

お義母様、ニコニコしているのに怖い。

黙っていたお義母様がティーカップとソーサーをテーブルに置く。

「そうなの、この子は確かに貴族のご令嬢らしさはあまりなくて。けれどとても働き者で、素直で明るくて性格も良くて、家や家族のために努力出来るところが素晴らしいのよね」

ほほほ、とお義母様が笑う。

一瞬空気が固まった。

お義母様の言葉はともすれば嫌味にも聞こえる。

わたしのことを働き者で、性格も良くて、家のために行動出来ると言った。

しかもご令嬢達の顔を見ながら。

これを聞いて、その仕草で、自分と比べられていると感じない者はいないと思う。

「そ、そうなのですね」

「家のためにというのは確かに素晴らしいですわ」

「リュディガー公爵夫人はリルファーデ子爵令嬢のことがお気に入りなのですね」

お義母様が頷いた。

「ええ、早くアルフリードと結婚して、名実共に娘となってもらいたいほどだわ」

「そんな、お義母様、恥ずかしいです……」

「まあ、恥ずかしがることなんてなくってよ。ミスリルちゃんはもう私《わたくし》の娘のようなものなのですから」

お義母様とわたしとで、うふふ、おほほ、と笑い合う。

他のご令嬢達の顔は強張っていた。

まさか、ここまでわたし達の仲が良いとは思わなかったのだろう。

ウェルズ侯爵令嬢も微笑みが固まっている。

これ以上わたしをつつくと公爵夫人《おかあさま》の不興を買う。

それを感じ取ったのか、ご令嬢達が何とか笑みを浮かべつつも、互いに目を見合わせていた。

「婚約者のうちからご家族と仲が良くて羨ましいですわ」

「ええ、本当に」

「これならリルファーデ子爵令嬢もご結婚が楽しみでしょう」

それにわたしは笑顔で頷いた。

「はい、結婚後もお義母様と仲良くしていきたいと思っております。先ほども申し上げましたが、母が亡くなっておりますので、お義母様のことは第二の母のように感じているのです」

これは本当だ。婚約発表の時もそうだけれど、マナーを教えてくれた時も、今日も、お義母様はわたしにとても良くしてくれる。

マナーの時はやや厳しかったが、それもわたしを思ってのことだと知っているから全然つらくなかったし、着ていくドレスについても事前に選んで、わたしの至らないところを助けてくれる。

……お母様が生きていたら、こんな風にお茶会にも出席出来ていたのかもしれない。

お義母様がお母様の代わりというわけではないものの、母という存在はとても心強い。

「まあ、嬉しいことを言ってくれるわね……！」

横にいたお義母様がギュッと手を握ってくれる。

それを笑顔で握り返した。

向かいに座るウェルズ侯爵令嬢が強くティーカップの取っ手を握っているのが視界に映る。

しかし目が合うと優しく微笑まれる。

……うーん、凄いなあ。

嫌いに思っている相手に、それを感じさせない笑顔で接せられるのは素直に尊敬する。

「ですが、リルファーデ子爵令嬢も大変でしたね。婚約破棄をされて。普通ならば、家同士で結んだ婚約を破棄するなんてそうありませんもの」

めげずに今度はわたしの婚約破棄について話題にし始めた。

「ええ、あれには驚きました。まさか婚約破棄を言い渡されるとは思っておりませんでしたので」

「何でも衆人環視の中でイルンストン伯爵令息に理由を言われたとか。あら、えっと、何だったかしら？」

わたしの口から言わせたいらしい。

……そういうことなら。

わたしの口から言おうではないか。

「わたしは女性としての魅力がないそうです」

他のご令嬢達が「まあ……」「なんてこと……」と口を押さえたり、扇子で口元を隠したりした。

貴族のご令嬢でなくとも、女性が、魅力がないと言われるのは嫌なことである。

だけど実際、わたしは昔から貴族のご令嬢らしさがなかったので、そう言われても仕方がない。

それらしく振る舞ったところで、わたしのことが嫌いなイルンストン伯爵令息からしても、何の意味もなかっただろう。

「確かにリルファーデ子爵令嬢は細身でいらっしゃいますが、そこまで言うことなのかしら？」

ウェルズ侯爵令嬢がわたしの胸元を見た。他のご令嬢達の視線も釣られる。

女性同士であってもかなり不躾なものだった。

「そうなのです、わたしは胸が全くなくて……」

逆にウェルズ侯爵令嬢の胸元を見る。

コルセットで押し上げているにしても、豊満な胸は女性らしいと言える。

「でもアルフリード様は気にしないとおっしゃってくださいましたし、わたしはわたしらしくあればいいと思っております」

今度は周りから胸をまじまじと見られたウェルズ侯爵令嬢の顔が赤くなった。

パッと胸元を隠すように両手で覆ったことで、他のご令嬢達も慌てて視線を外す。

……自分がされて嫌なことはしちゃダメだよ。

わたしは自分がツルペタ断崖絶壁だって理解しているし、納得しているから気にしないけど、他の人だったらかなり怒っているところだろう。

シンとお茶会に沈黙が落ちる。

こほん、とウェルズ侯爵令嬢が小さく咳払いをした。

「そうですわ、婚約のお祝いにリルファーデ子爵令嬢に特別なお菓子をご用意いたしましたの」

……お、今度は何だろう？

特別なお菓子というのだから食べ物なのだろう。

わたしだけに用意したと言っているから、他の人に被害が及ばないのはいいことだ。

基本的にわたしは好き嫌いがない。

よほど不味くて食べられないようなものでなければ、大体何でも食べられる自信がある。

ウェルズ侯爵令嬢が使用人のメイドに声をかけた。

そうしてメイドが心得た様子でお菓子を持ってきた。

お皿が見えないように、銀盆とカバーで隠されているところにまた少し悪意が感じ取れた。

あえて直前まで見えないようにしているのだろう。

それだけ見た目も問題があるのだろうか。でもあんまり酷い見た目のものだったら、さすがに他のご令嬢達が嫌がるからそういうものはないのではと考えてみる。

銀盆がわたしの前に置かれる。

「気に入っていただけたら嬉しいわ」

そして目の前でカバーが外された。

そこにあったのはチョコレートだった。

何の飾り気もない、楕円形を半分に切って、細長くしたチョコレートをくっつけたような不思議な形である。貴族のお菓子というと本来は可愛い形や綺麗な形をしていたり、繊細な細工が施されていたり、見た目にも楽しいものが多い。

しかし、お皿にいくつか並べられたこれにはそういうものが一切なく、さほど大きくもない。

他のご令嬢達も不思議そうな顔をしている。

……ただのチョコレート？

ウェルズ侯爵令嬢を見るとニッコリと微笑まれる。

……そういうわけでもなさそうだなあ。

何というか、あの嬉しそうな、優しそうな微笑みに色々と感じる。

「変わった形のお菓子ですね」

わたしがお皿を見て言えば、待ってましたとばかりにウェルズ侯爵令嬢が両手を合わせた。

「これは特別なお菓子ですわ。このために東の砂漠の国より、このお菓子に必要な特別なものを取り寄せましたの」

その声は嬉しそうで、どこか弾んでいる。

「特別なもの？」

「ええ。……こちらにあれをお持ちして」

使用人がその場を離れ、それから何か箱みたいなものをサービスワゴンに載せて戻ってくる。

箱らしきものには布がかけてあり中は見えない。それがゴトゴトと運ばれてきた。

「少々刺激が強いものなので、ゆっくりとお見せしてちょうだい」

ウェルズ侯爵令嬢の言葉に使用人が頷いて、布をゆっくりと取り外した。

瞬間、ご令嬢達が騒めいた。

そこにはガラスの箱が置かれており、その中に、黒みの強い光沢を持つそれが数匹いた。

「え、サソリ⁉」

そう、それは小さいけれど、確かにサソリだった。

あのカニやエビのように前にハサミを持ち、尻尾に毒の針を持つ、あのサソリである。

「あら、ご存知でしたか？　こちらは砂漠の国に生息するスコーピオンという生き物だそうです。尾に毒針を持っておりますが、砂の国でも珍味として扱われていて、滋養に良いのだとか」

ニコニコしながら説明される。

ここでこのサソリを出してくるということは……。

全員の視線がわたしの前にあるお皿に注がれる。

……え、これサソリなの？

サソリが食べられるとは知らなかった。

「生き物の部類としては虫だそうですが、砂の国の人々の中には健康のために毎日食べている者もいるそうですわ」

ふふふ、とウェルズ侯爵令嬢が笑う。

「今話題の方であり、前回失礼を働いてしまった謝罪の気持ちを込めて、特別にご用意いたしましたのよ」

……うわあ、こういう嫌がらせってあるんだ⁉

しかも虫をそのまま出してじゃなくて、チョコレートに包んでお菓子の体を保っているが、これは結構ゲテモノな部類に入るだろう。

しかもお茶会で出す意地の悪さ。わたしだけに特別と言って周りの人間に出していないので被害はないが、勧められたわたしはこれを一口でも食べなければならない。

しかもそうと分かっていて、あえて虫だの毒針があるだの食べにくい単語を出してくる。

ある意味、感心してしまう。

「是非召し上がって？」

言われて、チョコレートを手に取る。

飾り気のない、ただチョコレートに包まれただけのサソリというのも初めて見た。

本物だって今初めて見たばかりなのに。

ガラスの箱を見る。中でサソリがワサワサしている。

……あれが、こうなる、と。

チョコレートを半分に割ってみる。パキリと良い音がして、チョコレートの中に、何やら入っているのが見えるけれど、気持ち悪さはない。

……あ、それもそっか。

虫は虫でも幼虫みたいなものだったら厳しいけれど、サソリは虫というか、陸上のエビみたいな風に見えなくもない。甲殻類の仲間みたいな外見だし。

そう思うと怖いもの見たさなのか、好奇心がムクムクと湧き上がってくる。

砂の国の人々も食べているなら食べられるのだろう。

向こうもさすがに食べ物にならないものを出すということはしなかったようだ。

「な、なんてものを……っ」

お義母様が口に手を当てて振り向く。

止めようとするのが分かってわたしは笑った。大丈夫だと小さく首を振る。

ここでお義母様が止めたとしても、わたしは主催者が特別に用意したお菓子を、手をつけずに断るというマナー違反をしたことになってしまう。

しかも食べたふりは出来なさそうな形状だ。

飲み物ならば口をつけたふりでごまかせるが、これではそうもいかない。

「そうなのですね、特別なものをご用意してくださり、ありがとうございます。いただきますね」

手に持ったチョコレートをまず見る。

そこまで虫感はない。サソリと分かる見た目でもなく、匂いもチョコレート以外にすぐに異変を感じるものもない。一応、用心のために身体強化をかけて半分に割った片方を口に入れる。

ご令嬢達が小さく息を呑んだ。

……ん、おお？　これは……。

もぐもぐと咀嚼しながら考える。

味は不味くない。と言うか、どちらかと言えば美味しいかもしれない。これは予想外だった。

チョコレートの甘い味の中に、ポリポリとした食感と不思議な味がある。

……これは食べたことがあるような？

頭の片隅でどこか引っかかる。

似たようなものをどこかで食べた気がする。

何だろう、と思いながらもう片方も口に入れる。

ポリポリ？　ちょっとパキパキ？

そんな食感に香ばしいような不思議な味がする。

チョコレートの甘い味に隠れ切れていないそれに、どこで食べたかなと思いつつ、よく味わう。

虫と言っても甲殻類に近いのか殻のような感触が口の中に残る。

…………………ん、甲殻類？

試しにもう一つ口へ入れ、咀嚼する。

……あ、やっぱり、これエビっぽい！

前世にあったエビせんべいの磯臭さのないものをチョコレートで包んで食べてみたら、多分、きっとこんな味だと思う。これはなかなかに面白い味である。

サソリは甲殻類っぽいと思っていたし、何ならエビやカニの仲間なのではとすら考え始めていたが、まさしくそうであるようだ。

しっかりと口の中のものを飲み込む。

全員が呆然とわたしを見た。

ウェルズ侯爵令嬢ですら固まっていた。

「面白い味ですね。好みは分かれるでしょうけれど、エビのような不思議なお味でした」

ニッコリと笑って見せる。

ビクッとウェルズ侯爵令嬢の肩が跳ねた。

……さすがにこれはやり返します！

「こんな特別なものを用意していただけて嬉しいです。そうそう食べられるものではありませんし、健康にも良いそうなので、是非ウェルズ侯爵令嬢にも食べていただきたいです」

ウェルズ侯爵令嬢の顔色が悪くなる。

「え、い、いえ、私は、その……」

「まさかとは思いますが、ご自分が食べられないものを出したということはございませんよね？」

　お義母様がほほほと笑った。

「あら、ミスリルちゃん、失礼なことを言ってはいけないわ。侯爵令嬢ともあろう方がそんな非常識でくだらないこと、するはずがないじゃない」

「そうですよね、申し訳ありません、ウェルズ侯爵令嬢」

　お義母様まで参戦して、二人揃ってのやり返しが始まった。

　しかも逃げられないようにお義母様は控えていた侯爵家の使用人に声をかけ、わたしの皿からいくつかチョコレートを取り分けさせて、ウェルズ侯爵令嬢の前にその取り分け皿を置いた。

　ここまでされて「お菓子を勧められていない」とは言えないだろう。

　わたしだけでなく、お義母様まで勧めているのだ。

　ウェルズ侯爵令嬢の顔色はどんどん悪くなる。

　これを食べるということは彼女が言うところの虫を食べるということであり、彼女自身、それは耐えられないだろう。嫌がらせとは自分が嫌だなと思うことを相手にするものだ。

　きっと、ウェルズ侯爵令嬢はわたしがサソリを食べられないと考えたのだろう。

　……でも残念！　虫は食べたことがある！

　食べたことがあると言ってもイナゴの佃煮くらいだけど、前世のわたしの祖母が好きだったものなので、何度か口にしたことがある。あれ、見た目は問題あるけど意外と美味しいのだ。

　サソリはさすがに予想外だったが、エビに近いと思えば抵抗感はなかった。

イナゴの佃煮に比べて足とか口に当たらなかったので、総合的に見ると、むしろサソリの方が食べやすい印象だったくらいだ。

目の前でウェルズ侯爵令嬢が固まっている。

お義母様がニコニコそれを見ている。

周りのご令嬢達は完全に我関せずというか、うっかり庇って自分に火の粉が飛んだらと思っているようで、空気のように押し黙ったままだ。

「勧められたものは食べないと、ね？」

お義母様に言われてわたしも頷いた。

「ええ、それがマナーですから。お一人で食べられないようでしたら、わたしもご一緒にもう一ついただきましょうか？」

「まあ、ミスリルちゃんはそれくらいにしておいたほうがいいわ。どんなものでも食べすぎたら体に毒だもの。ほどほどがいいのよ」

ウェルズ侯爵令嬢が口を開く。

「あ、あの、実は私、スコーピオンにアレルギーがありまして……」

お義母様が「まあ、そうでしたの？」と驚いた声を上げる。

これならば確かにサソリを食べずに済む。

けれど、これはこれで色々と問題だ。

自分が食べられないものを出した失礼さと、もう一つ。

「ではウェルズ侯爵令嬢もスコーピオンを食べたことがあったのね」

ウェルズ侯爵令嬢の表情がピシリとひび割れる。

「……え？」

「だってアレルギーということは、一度は口にしていないと分からないでしょう？　知らなかったとは言え、アレルギーのものを勧めてしまってごめんなさいね？」

ウェルズ侯爵令嬢の顔が真っ青になった。

……なるほど、お義母様が容赦ない。

食物アレルギーは基本的に口にしてみないと分からない。血液検査とかない世界だから。

つまり「アレルギーです」というのは一度それを口にして、アレルギー反応が出たからアレルギーだと分かったという解釈になる。

ウェルズ侯爵令嬢はわたしに『虫を食べた令嬢』というレッテルを貼りたかったのだろう。

そうしてそれを社交界に流して笑い者にするつもりだったのか、それともアルフリード様に嫌われれば良いと思ったのか、どちらにしても良くない方向に持っていきたかったはずだ。

でも、そうはいかなくなってしまった。

今「アレルギーがある」と言ったことで、侯爵令嬢もスコーピオンを口にしたことがあると言ったも同然であった。たとえ本当は一度も口にしたことがなかったとしても、言ってしまった以上、事実がどうであれ彼女も『虫を食べた令嬢』と捉えられるだろう。

これではわたしを嘲笑うどころか、彼女自身も嘲笑の対象になってしまう。

いくら彼女が「食べたことはない」「アレルギーはない」と主張したとしても、アレルギーがないなら公爵夫人に勧められたものを騙して食べなかったということになる。

身分が下の子爵令嬢のわたしであれば権力でどうにか出来たかもしれないが、公爵夫人であるお義母様の場合はそうもいかない。

しかもアレルギーがないと証明するにしても、結局、サソリを食べてみせるしか方法がない。

……お義母様、凄いなあ……。

わたしは単にやられたことをやり返しただけだけど、お義母様の様子を見るに、きっとお義母様は色々考えているのだろう。

ウェルズ侯爵令嬢もそれに気付いたようで、赤い顔でわなわなと体を震わせている。

しかし反論が出来ない。

食べたことはないと言えばアレルギーが嘘だとバレて、食べるよう勧められるし、アレルギーがあるままにすれば虫を食べたことがある令嬢となる。

行くも地獄、戻るも地獄とはまさにこのことだ。

顔色の悪いウェルズ侯爵令嬢をお義母様が心配そうな顔で見る。

「あらやだ、顔が真っ青！　そうよね、アレルギーのあるものを勧められたら気分が悪くなってしまうわよね？　今日のお茶会はもうお開きにして休まれたほうがよろしいのではないかしら？」

他のご令嬢達がハッとした顔をする。

「え、ええ、そうですわね」

「バルバラ様もご体調が優れないようですし……」

ウェルズ侯爵令嬢の顔がどんどん強張っていく。

仲間と思っていた令嬢達に裏切られたようなものだろう。

このままではウェルズ侯爵令嬢もわたしも『虫を食べた令嬢』となる。

他のご令嬢やお義母様が噂を立てなかったとしても、参加者の中ではそれが事実となる。

もしかしたら誰かが口を滑らせるかもしれない。

……わたしは別に気にしないけどね。

サソリが虫だというなら、虫を食べたことは事実であるし、肉や魚を食べるのと一緒である。

「い、いいえ、私は大丈夫で……」

「いいえ、無理はよくないわ。お茶会なら、また今度すればいいのよ。ウェルズ侯爵令嬢の体調のほうが大事だわ」

お義母様に言われて、ウェルズ侯爵令嬢はそれ以上何も言えなくなってしまったようだ。

立場的にも公爵夫人の方が上なので強く出られないのだろう。

ウェルズ侯爵令嬢は震えたまま俯いて言った。

「……申し訳ありません」

それが何に対しての謝罪なのかは分からなかった。

これ以上は続けられないからと、お茶会はそこで解散になり、わたしはお義母様と一緒に公爵家に帰り、着替えてから王城まで馬車で送ってもらった。

帰宅途中、ずっとお義母様が心配してくれていた。

「大丈夫？　気持ち悪さや吐き気はない？　あんなものを食べさせるなんて酷いことを！」

と、怒ってくれたので嬉しかった。

「大丈夫です。毒針も取ってありましたし、結構美味しかったので、ウェルズ侯爵家の料理人の腕はかなり良かったのだと思います！」

もしもに備えて身体強化をかけて、毒針が口の中に刺さらないようにしたが、もし毒針を食べてしまっても大半のサソリは同じような小さな昆虫などを相手にしているため、毒が回っても人間が死に至ることはないはずだ。

もちろん、猛毒を持つサソリもいる。

だが食用のサソリで、しかも料理人が手を加えているなら、毒針は取り除かれているだろう。

……でもサソリ、意外と美味しかったなあ。

最後までお義母様は心配してくれたが、わたしは何事もなく、むしろ珍味を食べるという面白い体験が出来たのだった。

◇◇◇

母から婚約者について色々と聞いた。聞いたというか、聞かせられたに近いが。

どうやら貴族の令嬢達から、ミスティはまだ嫌がらせを受けているらしい。以前嫌がらせをした者達とは別だ。それだけならば令嬢の家の者にそれとなく伝えてやめさせることが出来る。

だが、話に上がったご令嬢達の名前を聞いてヒヤリとしたものが胸の内を流れ落ちた。ミスティに嫌がらせをして、お茶会に集まった令嬢達は聞き覚えがある者ばかりだった。

母も恐らく分かっている。

だからこそ、自分に伝えたのだろう。

母もかなり腹が立っているようで「公爵夫人を敵に回したことを後悔させてあげるわ」と言っていた。お茶会に参加した令嬢たちは今後、肩身の狭い思いをすることになるだろう。

場合によっては結婚相手が見つけられなくなるかもしれないが、どうでも良いことであった。

それよりも、すぐにフェデラード侯爵家へ手紙を送った。

相手はすぐに返事をくれたため、秘密裏にやり取りを行い、予定を合わせた。仕事は半休を取って、家の用事で出かけると言えばミスティは疑わずに信じてくれたが、彼女を騙しているようで少し胸が痛かった。

そうしてミスティがお茶会に参加してから一週間後、フェデラード侯爵家へ向かっていた。

……本当であれば彼女には会いたくない。

会いたくないが、それでも会う必要がある。

これからのことを考えると憂鬱だ。

出来れば目的地に着いてほしくないと思ったが、こういう日に限って、馬車はどこかで足止めされることも遠回りすることもなく、目的地に到着してしまった。

フェデラード侯爵家に着くと、既に話が通っていたからか応接室へ通された。

出された紅茶を優雅に飲めるほど豪胆ではなかった。

応接室の扉が叩かれて立ち上がる。

開いた扉から入ってきたのは、昔からの数少ない友人であり、フェデラード侯爵家の若き当主であるウィリアムとその妻だった。前フェデラード侯爵は病にかかり、現在は当主の座を息子に委ねて、妻と共に自領で療養中なのだ。

「久しぶりだね、アルフリード」

近付いて来た友人と軽く握手を交わす。

柔らかな栗色の髪に鮮やかな緑の瞳の、優しそうな顔立ちの彼は昔と変わらない。

「久しぶり。急に連絡してごめん」

「何を言っているんだ、俺とアルフリードの仲じゃないか。気にすることなんて一つもないさ」

今回訪問した理由を知っているのに、ウィリアムは嫌な顔一つしなかった。

それからウィリアムの横にいる人物へ目を向けた。

こうして面と向かって会うのは三年ぶりだった。

「フェデラード侯爵夫人もお久しぶりです」

リオーネ＝フェデラード侯爵夫人。

「お久しぶりです、アルフリード様」

金髪に金の瞳、小柄でか弱そうな女性。

三年前までは自分の婚約者だった。

だが呪いの一件の後に婚約は解消され、彼女はウィリアムの婚約者となり、去年結婚した。

そのことについてウィリアムは気にしていたが、自分には思うところはない。

むしろ、少し前までは呪いつきの自分よりも良い男と結婚して安泰だろうとすら考えていた。

「リオーネ、リュディガー公爵令息、だろう？　呼び方には気を付けてくれ」

「あら、ごめんなさい。久しぶりに会えて嬉しかったものだから、つい……」

夫ウィリアムの指摘にフェデラード侯爵夫人は頬に手を当てて、悪びれもなく微笑んでいる。

その瞳に宿る熱に気付かないわけがない。他のご令嬢達からもよく向けられるものだ。

そしてそばにいるウィリアムもまた、それに気付かないほど鈍感な男ではない。

ウィリアムが小さく息を吐いた。

ソファーを勧められて元の位置に腰を下ろす。

「最近、君達の話をよく聞くよ。遅くなったけど婚約おめでとう。……贈り物一つ出来なくてすまない」

「いや、それは構わないよ。気持ちだけで十分だ」

ウィリアムは友人であるが、同時に元婚約者と結婚しているということもあって、ミスティとの婚約発表を聞いても、気を遣って婚約祝いは贈れなかったのだろう。

元婚約者の夫、もしくは元婚約者の嫁いだ家から婚約祝いが届くというのは少々問題もある。

一応家同士では円満な別れだったが、本人達はそうではなかったので、夫婦名義で贈られても複雑な心境になったはずだ。

ウィリアムの横でフェデラード侯爵夫人は微笑んでいる。

……祝いの言葉はなし、か。

それもそうだろうなと思う。

「それにしても、アルフリード様はどうして我が家になかなかいらしてくださらないのでしょうか？　もっと頻繁に遊びに来てくだされば、ウィリアム様ももっと喜ぶのに」

まるで良いことを思いついたと言わんばかりに見られて、思わず顔を顰めてしまった。

「いいえ、残念ながらフェデラード侯爵家を訪れるのは今回が最後になります」

ウィリアムが傷付いた表情を浮かべたことにフェデラード侯爵夫人は気付いていないようだ。

こちらの言葉にフェデラード侯爵夫人が目を瞬かせた。

「あら、それはどういうことでしょう？　アルフリード様とウィリアム様はご友人なのですから。……もしかしてウィリアム様にお会いしたくないのですか？」

自分とウィリアムを交互に見て、悲しげにフェデラード侯爵夫人が眉を下げた。

「言い方が悪かったようですね」

一度、すっと息を吸った。

「私の婚約者であるミスタリア＝リルファーデ子爵令嬢への嫌がらせをやめていただきたい。私はもう君の婚約者ではない」

だがフェデラード侯爵夫人は困ったような顔をする。それは、何も事情を知らない者が見たら、きっと彼女がそのようなことをしているとはとても思わないだろう表情だった。

しかし自分にも、ウィリアムにも、それは通じない。

「何のことかしら？」

「あなたが知り合いのご令嬢達に、私の婚約者に嫌がらせを行うよう指示したことは私もウィリアムも知っている」

「まあ、そんなことしていないわ」

怒った顔をするフェデラード侯爵夫人に、ウィリアムがまた、小さく息を吐いた。

「……リオーネ、本当のことを話すんだ」

そう言ったウィリアムにフェデラード侯爵夫人が振り向き、潤んだ瞳で見上げた。

「酷いわ、ウィリアム様もわたくしをそのようなことをする人間だと思っていらしたのっ？」

「思うも何も事実だろう」

ウィリアムはそう返し、懐から封筒を取り出した。

それを見たフェデラード侯爵夫人の表情が微かに強張った。

封筒にはフェデラード侯爵家の封蝋が押されており、その中には手紙も入っている。

「これは君がご令嬢達に送った手紙だ。何人かのご令嬢から君に『頼まれたがもう続けられない』と俺のところにも手紙が届いている。……君はもうフェデラード侯爵夫人だということを理解していないのか？」

言いながらもウィリアムは悲しそうな顔をする。

自分は婚約を解消するまで知らなかったが、ウィリアムは昔から、それこそ幼い頃からリオーネのことが好きだったらしい。だから婚約が解消されてすぐ、ウィリアムはアルフリードに正直に胸の内を打ち明けて、そうしてリオーネに告白をした。

そしてリオーネと公爵家はそれを受け入れた。

彼女が婚約し、結婚したのはウィリアム＝フェデラード侯爵であり、アルフリードではない。

「……じゃない……」

俯いたフェデラード侯爵夫人が扇子を握り締める。

パッと顔が上げられた。

「だって仕方なかったのよ！　急にあんな話をされて、わたくし、すぐに受け入れるなんて無理だったわ！　でも考える余裕もなく問われて、アルフリード様との婚約は解消されて、わたくしが心から愛しているのはアルフリード様なのに‼」

泣きそうな様子で言われても、アルフリードの心には全く響かなかった。

それどころか夫を傷付ける言葉を平然と口にする彼女を見て、昔の記憶が書き換えられていく気分だった。婚約者だった頃は、か弱くて、優しくて、穏やかな性格のご令嬢だと思っていた。

……こんなことをする人だったなんてね。

拒絶された時はアルフリードだって傷付いた。愛とまではいかずとも、夫婦になれるくらいには親しくなれたと思っていたし、あの頃はそうなると信じて疑わなかったから。

しかし自分を拒絶したのは彼女だ。

「でも拒絶したのはあなたです。あなただってウィリアムの告白を受け入れたではありませんか」

「それは、だって……！」

言いかけて、フェデラード侯爵夫人が言葉に詰まる。

魔法の誓約を交わしているので、ドラゴンの呪いについて他人に伝えることは出来ない。

ぱくぱくと口を開閉した後、フェデラード侯爵夫人が立ち上がり、アルフリードに縋りついた。

「あ、あの時は心の準備が出来なかったからよ！　今は違うわ！　どんなあなただって愛しているの‼」

触れられるということは、拒否感はないのだろう。

だけど、それは受け入れられるということではない。

あえて、意識して呪いを引き出した。

「これでも、あなたは私を愛していると？」

こちらを直視したフェデラード侯爵夫人の口から「ひゅっ」と掠れる音がした。

「あの時、あなたに見せたのはほんの一部に過ぎなかった。この姿を見てもまだ愛せるのですか？」

見開かれた金の瞳。震える細い体。

腕を掴んだままの手も酷く震えており、硬直した体からは恐怖しか感じられなかった。

ガラスに映る自分の体には呪いが現れていた。

肌の一部に鱗の模様が現れて硬質化し、青い瞳は縦に瞳孔が裂け、手の爪は黒く変色して鋭く尖っていた。話す度に長くなった牙も見えるだろう。人間と呼ぶにはあまりにも異形な姿だった。

「ウィリアム、ごめん。醜いものを見せてしまって……」

「いや、君が謝ることじゃない。それに俺はアルフリードのその姿を気持ち悪いと思わない」

真っ直ぐに見つめてくれるウィリアムの言葉がアルフリードは嬉しかった。

実を言えば、リオーネがウィリアムと婚約した頃に、ウィリアムにはこのことを打ち明けていた。もちろん、王家から許可を得ている。リオーネがどこかでうっかり何かを口にしてしまわないように、もし何か言いそうになってもウィリアムが上手くごまかせるように。

そしてウィリアムだけは自分が社交界デビューした頃より、変わらず友人でいてくれたから。

ウィリアムからリオーネへの想いを打ち明けられた後、王家より許可を得て、兄であるアーノルドとケーニッヒの立ち会いの下、ウィリアムに自分の呪いの秘密を打ち明けていたのだ。

その時も今と同じ姿を見せた。

けれどもウィリアムは拒絶せず、それどころか「勇気を出して話してくれてありがとう」と言ってくれた。それだけで救われた。

元婚約者が絶叫して気絶した呪いを見て、驚き、一瞬警戒したものの、ウィリアムはこの呪いも、自分のことも否定しないでくれた。それだけで十分だった。

その後はリオーネと婚約、結婚したことでウィリアムはあえて距離を置いていたのだ。自分も元婚約者とは距離を置きたかったし、ウィリアムはそれを理解して、配慮してくれていた。

「フェデラード侯爵夫人」

呪いの浮かんだ手でフェデラード侯爵夫人の腕を掴めば、フェデラード侯爵夫人が「いやぁあっ!?」と恐怖の声を上げて、それを振りほどいた。

恐怖に満ちた金の瞳をアルフリードは静かに見返す。

「あなたは私を受け入れられないし、私もあなたを受け入れることはない。私達の関係はあの日終わったのです。……もう、あなたは過去の人だ」

一度、目を閉じる。

そして瞬きの間に呪いは溶けるように消えていき、次に青い瞳が開かれた時には、いつものアルフリード＝リュディガーという人間の姿に戻っていた。

フェデラード侯爵夫人がぺたりと床に座り込む。

その金の瞳から流れる涙は恐怖か、それとも安堵か、その意味は分からなかった。

もう彼女について知りたいとも思わない。

「ウィリアム、後は任せる」

「ああ、任された」

ソファーから立ち上がり、応接室の出入り口に向かう。

背後でウィリアムがフェデラード侯爵夫人の名前を呼んでいたが、構わず、扉を開けて廊下へ出た。ズキズキと痛む胸をアルフリードは無視する。

たとえ何とも思っていない相手であっても、やはり、恐怖で怯えた目を向けられるのはつらい。

……でも、これで嫌がらせはなくなるだろう。

馬車へ戻り、乗って、リュディガー公爵邸への帰途に就く。

……ミスティの笑顔が見たい……。

今はただ、彼女の笑顔だけが恋しかった。

◇◇◇

「あら」

後ろから聞こえた声に振り返った。

何故そうしたかは分からないが、何となく、その声が自分に向けられているような気がした。

そして振り向いた先には見覚えのある人物がいた。

「ご機嫌よう」

……確か、ミスティの親友であるアリエラ＝ボードウィン子爵令嬢だったか。

「こんにちは、ボードウィン子爵令嬢」

「覚えていてくださったのですね、ええっと……」

目元は笑っているが喜んでいる気配はあまり感じられない。

ミスティの親友だという令嬢のことをよく知らないが、彼女のことを大事に思っていることだけは知っているし、理解している。

　自分と同じタイプの人間。

　婚約発表を行った夜会の時、たった数回言葉をやり取りしただけでそう感じたのだ。

「アルフリードで結構です。リュディガー公爵家には兄もおりますので」

「ではアルフリード様と呼ばせていただきます」

「ええ、どうぞ」

　他の令嬢ならば名前呼びを許しはしない。

　しかし、この令嬢ならば大丈夫だと思った。

『氷の貴公子』と呼ばれた自分を前にしても必要以上に顔を見てくることもないし、ぼんやりされることもなく、そしてミスティの言葉が正しければ、彼女は年嵩の男性が好きらしいので、自分は恋愛対象外となる。

　全く興味のなさそうな様子が逆に心地好い。

「ボードウィン子爵令嬢は何故こちらに？」

　今いるのは琥珀の区画だった。

　血の繋がった実の兄に会いつつ、琥珀の士団長に書類を届けに行った帰り道で、ここで宮廷魔法士とは全く無関係そうな人物に会ったことに少し驚いた。

「ああ、弟に届け物がありまして」

「弟君ですか」

「ええ、去年琥珀に入団しましたの。とは申しましても、まだまだ新人で大変のようですが」

「そうなのですね」

沈黙が落ちる。

ミスティと一緒にいる時とは随分と違い、今はかなりとっつきにくそうな女性だ。

「アルフリード様、よろしければ少々お時間をよろしいでしょうか？　一つお願いがあるのです」

真面目な表情で訊かれて頷き返す。

「何でしょう？」

「こっそりミスリルが働いているところを見たいので、井戸に案内していただけませんか？」

その言葉に目を瞬かせた。

「井戸？」

つい、訊き返してしまう。

ボードウィン子爵令嬢が頷く。

「本当は紫水で働いているところをひっそり見ておきたいのですけれど、仕事柄、秘密の多いところでしょう？　けれども井戸なら外ですから問題ありませんわよね？」

「確かに問題はありませんが……」

ボードウィン子爵令嬢がほほほ、と笑った。

「ミスリルったら、仕事とアルフリード様との婚約が嬉しすぎて、最近私とは全然会ってくれないんですもの。手紙ばかりでは寂しいのです。姿を見るくらいよろしいではありませんか」

そう言いながらも目は笑っていなかった。

少し考えて、頷いた。

「……分かりました。井戸だけなら。ですが私も共に行きますので、しばし待ってもミスティが来ないようであれば諦めてください」

ボードウィン子爵令嬢が目を丸くする。

「まあ、アルフリード様はミスリルのことをミスティと呼んでいらしたかしら？」

「少し前に許していただきました」

「そう。そうなのですね……」

ボードウィン子爵令嬢の目がどこか遠くを見た。

だがそれも一瞬のことで、すぐに彼女は意識を戻して「案内をお願いいたします」と言う。

ボードウィン子爵令嬢と共に琥珀の区画から出て、一階の渡り廊下から庭園へ出た。

王城内は少々道が覚えにくい造りになっているため、ボードウィン子爵令嬢がついて来ていることを確認しつつ、ミスティがいつも使っている井戸が見える植え込みに移動した。

ここならば向こうから気付かれにくい。

この場所はミスティが紫水に入ってきたばかりの頃、彼女が嫌がらせを受けていて、それを確かめる際にこっそりと様子を見るために隠れていた場所だ。

植え込みからボードウィン子爵令嬢がそっと顔を覗かせる。

「あら、とってもいい場所ですわね」

ここからだと井戸とその周辺がよく見える上に、井戸からはやや斜めの位置にあるため、顔を上げた状態でしっかり振り向かなければ気付かれない。

「長くても三十分です。それ以上は私も休憩時間がありますので、待てません」

「たったそれだけですの？」

「ミスティも休憩するのでそろそろ一旦片付けをしにここへ来るはずですよ」

そう言うと、ボードウィン子爵令嬢がこっそり植え込みから井戸を覗き始めた。

どうやらその状態で待つつもりらしい。

「それにしてもミスリルは本当にアルフリード様がお好きなのですわね」

井戸の方を見ながらボードウィン子爵令嬢が言う。

「そうでしょうか？」

「そうですわ。ミスティという呼び名は前リルファーデ子爵夫妻、ミスリルのご両親だけが使っていたものだというのはご存知？」

「ええ、本人から聞きました」

チラ、とボードウィン子爵令嬢が一度こちらを見て、また顔を戻す。

「あの子が七歳の頃から十年も付き合ってきたのに、私はそう呼ばせてはいただけないのですよ」

淡々としているが、どこか悔しそうな声だった。

「イルンストン伯爵令息はともかく、親友と言ってくれている私ですら許してもらっておりませんのに。アルフリード様が羨ましいですわ」

……ああ、そうか。

あの夜会で感じていたように、この令嬢はアルフリードにある意味では非常に似ているのだ。

ミスティの、ミスタリア＝リルファーデにとって最も親しい人になりたい。近しい存在でいたい。アルフリードは恋愛感情で、ボードウィン子爵令嬢は友愛として。

愛する人の、大切な人の、大事になりたい。彼女を大事にしたい。

そんな、同族のような気持ち。

「……あなたは私が羨ましいのかもしれませんが、私からすれば、あなたの方が羨ましいです。私は彼女の幼少期を知りませんから」

ボードウィン子爵令嬢が自分を羨むように、自分もボードウィン子爵令嬢が羨ましかった。

もしも幼い頃に、そうでなくとも、もっと早く出会っていたら、自分とミスティの人生は今とはまた変わっていたのだろうか。

幼少期の頃は活発だったと聞いているが、それでも彼女の幼い頃を知っているのは羨ましい。どれほど見たいと願っても時間は巻き戻せない。

「……あっ」

ボードウィン子爵令嬢がサッと隠れた。隠れているのに隠れると表現するのは少々おかしいけれど、ボードウィン子爵令嬢が植え込みに顔を引っ込めてこちらを見上げ、頷いた。

ミスティが来たらしい。

そっと二人で覗き見る。

井戸のそばに立つミスティが、滑車に繋がる縄を凄い速さで引っ張っていく。

どうやら少し急いでいるようだ。

それでもきちんと雑巾を洗っている。

彼女はいつも元気だけれど、実は仕事はとても丁寧で、細やかな気遣いが出来る。

……そういうところが意外で。

でも意外なところを知る度に惹かれていく。

「ん？」

何か感じたのか不意に彼女がパッと振り返った。

「あ」

「あ」

隠れるのが遅れてしまい、目が合った。

瞬間、花が綻ぶようにミスティが笑みを浮かべた。

「アルフリード様、アリエラ～‼」

雑巾を持った手がぶんぶんと振られて、思わずボードウィン子爵令嬢と顔を見合わせた。

ボードウィン子爵令嬢が小さく吹き出すと「共同戦線を張りましょう」と言うので頷き返した。

そうしてボードウィン子爵令嬢は植え込みから出て行った。

◇◇◇

視線を感じて振り向いたら、アルフリード様とアリエラがいて驚いたけど、嬉しかった。

まさかのまさか、わたしの大好きな二人が一緒にいて、前回も思ったけど、結構仲が良さそうで更に嬉しさが募る。

「アリエラ、どうしてここにいるの？」

訊くと、実は何と弟さんが宮廷魔法士団・琥珀に属しているらしい。

今日は弟の忘れ物を届けに来たのだとか。

それで偶然会ったアルフリード様に庭園を案内してもらっていたという。

「あと、ミスリルに会えたらいいなあって思っていたのよ。来て正解だったわ」

「わたしもアリエラに会えて嬉しいっ。あ、最近お茶会に行けなくてごめんね！」

「いいのよ、ミスリルも公爵家に行ったりすることも増えて忙しいでしょう？　私とのお茶会はいつでも出来るけど、今は公爵家の方々を優先した方がいいわ」

「アリエラ〜、ありがとう〜‼」

さすがに掃除をした後なので抱き着けないなと思っていたら、アリエラが両手を広げてみせる。

これは抱き着いていいという合図だ。

本人がいいなら、と抱き着けば、しっかりと抱き締め返される。

「ふふ、私達親友じゃない。気にしないで。落ち着いたらまた一緒にお茶すればいいのよ」

優しいアリエラの言葉に甘えて頷いた。

「その時はうんと可愛いドレスを着ていくね！　アルフリード様が買ってくださったの！」

右手の親指を立てて見せればアリエラの表情が更に明るくなった。

「まあ、そうなの？　良かったわね！」

アリエラがわたしの真似をして、アルフリード様に親指を立てて見せて、それにアルフリード様が目を細めて小さく笑っていた。いつの間にかかなり仲良くなったようだ。

アルフリード様とアリエラはこれからも縁があるだろうから、どんどん仲良くなって欲しい。

そうしていつか三人でお茶会をするのだ。

……アリエラをお義母様にも紹介したいなあ。

でもまずはアルフリード様と三人でお茶して、慣れたらお義母様にアリエラをわたしの親友だって紹介して。アリエラとお義母様はどことなく雰囲気が似ている気もするし、多分、どちらも馬が合うのではと思っている。

ただアリエラも子爵令嬢なので、そうそう公爵夫人のお義母様とお茶をするタイミングはないかもしれないが、何とかそういう場を設けられたら楽しそうだ。

「アルフリード様、アリエラは可愛いものが好きなんです。だからきっとアルフリード様の買ってくださったドレスを着たら、お喋りも弾みます！」

アルフリード様が近付いてきて、わたしの頭を撫でる。

「そうですか。では、その日は公爵家に寄ってメイド達に頑張って更に可愛くしてもらってから行くといいでしょう。馬車も言っていただければ用意出来ますよ」

「ありがとうございます！」

公爵家の皆さんにやってもらうなら絶対に可愛くなれるので安心だ。

「あら、ミスリルのドレスは公爵家にありますの？」

「うん、ほら、リルファーデ家や住み込みの部屋だとドレスの置き場がなくって、リュディガー公爵家に置かせてもらってて……」

「なるほどね」

呆れた顔でアリエラが言う。

……まあ、そういう反応するよね！

よりにもよって公爵家をドレスルームみたいにしているわけだし、呆れるのも頷ける。

「私が沢山購入してしまったので、置き場の確保をするのも当然ですから」

どこか誇らしげにアルフリード様が言う。

それにアリエラと顔を見合わせて小さく吹き出した。

「アルフリード様、そこは自慢するところじゃないですよ？」

「そうですか？」

アルフリード様が不思議そうに小首を傾げるものだから、わたしとアリエラは今度こそ、声を上げて笑ってしまった。

……こんな日がずっと続けばいいのに！

楽しくて、仕事もやりがいがあって、充実した毎日が凄く幸せに感じる。

首を傾げていたアルフリード様の青い瞳がふっと細められた。

アルフリード様が笑ってくれる毎日が嬉しい。

わたしは今日も幸せだ。

第五章　幸福な未来へ

　最近、弟が丸くなった。

　ケーニッヒ・オルドア＝ユースタリアは窓の下の光景を眺めながら心底そう思う。

　決して公にはされないが、血の繋がった実の弟であるアルフリード＝リュディガーが先日、自らケーニッヒに会いにやって来た。

　そのことにも驚いたのだが、それ以上に、アルフリードに頼まれたことの方が衝撃的だった。

「ミスティ――……ミスタリア嬢に、私の呪いについて説明していただきたいのです。私は彼女に隠しごとはしたくありません」

　アルフリードの元婚約者の件があり、王家は呪いについて伝えるべきかどうか、今現在協議している最中である。だからこそ、ケーニッヒは驚いた。

「いいのかい？　もし、また以前のようなことになったら……」

「それでも隠したままにするのは間違っています」

　そう言ったアルフリードは何かを決意した表情だった。

　訊いてみると、リルファーデ子爵令嬢が他のご令嬢から嫌がらせを受けたのは、元を辿れば前の婚約者だったリオーネが指示していたという。

　アルフリードはそれでリオーネに会いに行った。

少し前までは元婚約者の話題すら避けていたのに、その婚約者に会いに行くだなんて、それがどれだけ勇気の要ることであったかケーニッヒは想像するだけで顔を顰めそうになった。

だがリオーネも罰を受けた。

彼女は結局、リュディガー公爵家を敵に回したこととなり、夫の愛情も離れてしまい、侯爵家にいられず、離縁が決まったそうだ。

実家に帰ることになるだろうが、離縁した出戻りの令嬢が再婚するのは難しい。

公爵令嬢ともなれば相応の相手でなければならないが、歳の合う相手は既に婚約者がいたり、結婚していたり、釣り合う相手はもう見つからない。

恐らく、どこかの修道院に入ることとなるだろう。

リオーネもウィリアムもケーニッヒはそれなりに知っている間柄なので残念ではあるが、家を危険にさらすような人間では妻のままにはしておけないというのも分かる。

ウィリアムの心情的にも、このまま結婚生活は続けられないだろうし、ただでさえ元婚約者が嫁いだ家とあって微妙な立場だったのに、更にリュディガー公爵家に睨まれるのは困るはずだ。

リオーネはもう二度とアルフリードの前に現れることはない。

その方がいい、とケーニッヒは思う。

「ところで、リルファーデ子爵令嬢は受け入れてくれそうか？」

ケーニッヒの問いにアルフリードが首を振る。

「分かりません」

正直な返答にケーニッヒは苦笑する。

あんなにつらい思いをしたのに、それでも呪いについて隠さずに伝えるというのだ。

それだけ相手に対して真摯に向き合いたいのだろう。

リルファーデ子爵令嬢への想いと、アルフリードなりに前を向こうとしている努力を感じる。

「そうか、まあ、父上と母上には伝えておこう」

「お願いします」

それが一昨日の出来事であった。

ケーニッヒが見下ろしている窓の外。

庭園の一角に置かれたベンチに腰掛けて、アルフリードとその婚約者のリルファーデ子爵令嬢が楽しそうに談笑している。

アルフリードの表情は変わらないが、席を立つことなくああしているところを見るに、アルフリード自身も楽しいと感じているのだろう。

その横でアルフリードを見上げるリルファーデ子爵令嬢も満面の笑みで、見ているこちらまで思わず笑みこぼれそうになる表情だ。

……あそこまで素直に好意を示されて嫌な人間もそういないだろうな。

リルファーデ子爵令嬢からは遠目にも嬉しい、楽しい、幸せという感情が伝わってくる。

菓子でも持ってきているようで、時折、二人は何かを食べていた。

温かく柔らかな午後の日差しの下で和やかに話している姿は本当に仲の良い婚約者同士である。

アルフリードは元婚約者とのことがあり、婚約解消して以降、ずっと人との付き合いをほとんど避けてきた。そんな彼が、こうして穏やかな雰囲気でいる姿は初めて見た。

……所詮、私は血の繋がりがあるだけ。

アルフリードは王族の一人ではあるが、彼自身は公爵家こそ自身の家族と思っている。

それは当たり前のことだ。

彼は生まれてすぐに公爵家に引き取られた。

そこからずっと公爵家の一員として暮らしてきた。

いくら血の繋がりがあると言っても、それで家族になれるわけではない。

実際、ケーニッヒがアルフリードを弟と思っていても、アルフリードはケーニッヒを王族の一人、仕えるべき相手と考え、そう接している。

それが少し寂しくもあるが仕方がない。

上の兄二人もアルフリードには我関せずといった様子で、公爵家の一員として対応している。

……父上と母上も。

一度手放した以上、アルフリードはもう公爵家の人間だ。

王家が下手に目をかけすぎるのも良くない。

ケーニッヒは魔法士団の統括を行っているから関われるだけで、そうでなければアルフリードと接する機会はほぼなかっただろう。

「……本当に丸くなったな」

必要以上に王家と関わろうとしなかったアルフリードが、自らケーニッヒに会いに来て、自分の意思を伝えた。以前のアルフリードならば、きっとしなかっただろう。

よほどリルファーデ子爵令嬢のことが好きらしい。

……前の婚約者の時はここまでじゃなかった。

それだけに不安もある。リルファーデ子爵令嬢がアルフリードを拒絶したら、今度こそ、彼はもう誰とも結婚しようとは思わなくなるかもしれない。

「あまり余計なことをしない方がいいのは分かっているけど……」

それでも弟のために何かしたかった。

「こんにちは」

別の日、ケーニッヒは庭園のベンチで休憩しているリルファーデ子爵令嬢の下を訪れた。

最近、彼女がここで休憩時間を過ごしていることは報告書で知っていた。

少し前までは休憩時間も仕事に費やしていたようだが、止められたらしい。

声をかけたケーニッヒを見たリルファーデ子爵令嬢は、慌てて立ち上がると礼を執った。

「第三王子殿下にご挨拶申し上げます」

どうやらアルフリードが言っていたように、ケーニッヒの正体を教えられたらしい。

……前回の気軽さが面白かったのに。

しかしそれはケーニッヒが王族だと知らなかったからで、そうでなければこれが普通の対応だ。

「顔を上げて、楽にしていい」

そう声をかければリルファーデ子爵令嬢は素直に礼をやめて顔を上げた。

こちらが王族だと分かっているだろうに、真っ直ぐに見つめられて不思議な気持ちになる。

彼女からは王族に対する敬いは感じられるが、身分の差に対する恐れはない。

目が合うとハッと我に返った様子で視線が下げられる。

恐れはないものの、王族に無礼なことをしないようにという感情は伝わってくる。

……相変わらず面白いご令嬢だ。

「この間は案内をありがとう」

ケーニッヒの言葉に彼女が口角を僅かに下げた。

「いえ、私こそ、第三王子殿下と気付かず無礼な振る舞いをしてしまい申し訳ございません」

「いやいや、あれくらい気軽な感じの方が私としては嬉しいよ。傅かれてばかりは寂しいからね。君ももっと気楽に、それこそ紫水の魔法士達のように接してくれて構わないよ？」

「それはさすがに出来ません！」

冗談交じりに言うケーニッヒにリルファーデ子爵令嬢がぶんぶんと首と手を振って身を引いた。

もちろんケーニッヒもそれは分かっている。

「言ってみただけさ。でも、自国の王族の顔くらいは覚えておいた方がいい。貴族なら尚更」

「はい……」

リルファーデ子爵令嬢の肩が下がる。

けれどもすぐに顔を上げたので、多分、自分なりに何か考えを思いついたのだろう。

非常に分かりやすいご令嬢だ。

「君は我が国の成り立ちを知っているかい？」

リルファーデ子爵令嬢が頷く。

「はい、確かユースタリア王国は、魔獣を従えていたドラゴンを討ち倒したという勇者達の末裔だと学びました。だから王族の方々は総じて魔力が高く、魔法に長け、剣術や体術などの武の面でも非常に才能があるのだと」

「そうだね」

実際、それは半分正しくて半分間違っている。

確かに勇者のうちの一人の末裔ではあるけれど、だからと言って必ずしも才ある者ばかりが生まれるわけではない。

王族として恥じないように幼い頃より様々なことを学び、努力し、身につけるからこそ、王族は王族らしさを持つようになる。

そして、ドラゴンの呪いの影響で、確かに王族の直系は総じて魔力や身体能力が高くなる。

これは血筋が薄くなるほど能力が下がっていく。

王族と近しい公爵家に高い能力を持つ者が多いのは、王家との血のやり取りが多いからだとケーニッヒは考えている。

「当時の、我々の祖先である勇者を尊敬するよ。魔獣の頂点に立つドラゴンを討ち倒そうなんて、そう出来ることではない。私も何度か魔獣討伐の指揮を経験したが、あれらは単体でも脅威だ」

「はい、私もそう思います」

リルファーデ子爵令嬢が真面目な顔で頷いた。

「君はドラゴンをどう思う？　たとえば、もし今の時代にドラゴンがいたとしたら、やはり怖いかい？」

普通のご令嬢であれば魔獣を見る機会はあまりなく、中には想像するだけで怯える者もいる。

その魔獣の頂点に立つドラゴン。

誰もが一度は恐れ、この世にもう存在しないと聞いて安堵し、胸を撫で下ろす存在。

リルファーデ子爵令嬢も恐ろしいと思うだろうか。

だが、予想に反してリルファーデ子爵令嬢は笑顔になった。

「怖いかどうかは実際に見てみないと分かりませんが、もしドラゴンがいたら一度は会ってみたいです」

「ふむ、何故？」

「別に世界の危機を願っているわけではありませんが、でもドラゴンは魔獣の頂点にいたわけですから、いわば魔獣の王様でしょう？　そのドラゴンって、絶対、格好良いと思うのです！」

両手を握り締めて言われた言葉にケーニッヒは一瞬、理解が追いつかなかった。

…………ドラゴンが格好良い？

「……一応参考に訊くが、どこがどう、格好良いんだい？」

訊かれたことが嬉しいのかパッとリルファーデ子爵令嬢の表情が明るくなる。

「まず鱗です！　私、トカゲやヘビが好きなのですが、実はリザードマンみたいな硬質な鱗も好きで、あのツヤツヤ感はいつまででも見ていられます！」

「鱗……」

「はい、それから鋭い牙や爪も獰猛な生き物って感じがしますし、強い魔獣らしいと思います！　強靭な鱗に何でも切り裂く鋭い爪や牙、しかもそれで魔法まで使えてしまうなんてまさに無敵！　魔獣の王、魔王ですね！　勇者の皆様もきっと物凄く強かったのでしょう！」

と、リルファーデ子爵令嬢は笑った。

普通ならそこが怖いと思うのだが。

「それにドラゴンはいませんけど、ワイバーンと呼ばれる魔獣はいますよね？」

「ああ、確かにいる。砂の国は馬の代わりにワイバーンを飼い慣らして飛竜という名で移動の足に使うそうだ」

「あれの大きくて強いのだと思えば全く勝てないということはないと思います。だけど砂の国が羨ましいです！　是非一度乗ってみたいです！」

その表情は本当に羨ましそうで、ドラゴンやワイバーンに対しての怯えは微塵も感じられない。

魔獣を怖がらないご令嬢がいるとは……。

しかも、何ならドラゴンに会ってみたいと言う。

「でもいない方がお互いのためですね」

何かに気付いた様子で口に手を当てた。

「何がだ？」

「もし今の世でドラゴンがいたら『魔王の再来だー！』と昔よりも大勢の魔法士にドラゴンは総攻撃されてあっという間に世界の敵になってしまいますし、人間側もきっとドラゴンを倒すまで穏やかではいられないでしょう。人間にとってもドラゴンにとっても良いことではなさそうです。もしかしたらドラゴンも過去のことを知っていて『もう人間に手を出すのはやめよう』と考えているかもしれません」

うーん、と考えるリルファーデ子爵令嬢に、ケーニッヒは堪えきれずに吹き出した。

はははは、と笑い出したケーニッヒに彼女はキョトンとした顔をする。

まさかドラゴンを格好良いと表現する人間がこの世にいるとは思わなかったし、怖い、ではなく、人間とドラゴンの双方のためにもいない方が良いだなんて。

……ああ、そうか。

アルフリードが何故彼女を好きになったのか。

きっと、こういう考え方が良かったのだ。

常識にとらわれない自由な考え方。一般的に見たら常識外れに感じるかもしれない。

けれども、彼女の穏やかな人柄が分かる。

「なるほど、そういう考え方は初めて聞いたよ。斬新で面白い意見だ。これは訊いて良かった」

これを人は楽天家と言うだろう。中には考えなしと思うかもしれない。

だが、ケーニッヒはその楽天さがアルフリードには丁度良いのだと見当がついた。

生真面目で考えすぎるアルフリードにはこれくらい楽天的な方が、多分、合っているのだろう。

「確かに今の時代にドラゴンはいない方が良さそうだ」

リルファーデ子爵令嬢に言われて気付いた。

もしまだ乱世の時代で、呪いが受け入れられなかったとしたら、アルフリードや呪いを受け継いだ者達はドラゴンの再来、魔王と呼ばれていたのかもしれない。

そうして人間の敵として扱われていた可能性もあった。

事実、当初は呪いが現れた王族は密かに闇に葬られていた歴史もある。

呪いが現れた王族が生かされるようになったのは歴史的に見れば、比較的最近のことなのだ。

……呪いが薄まってきたからというのもあるが。

休憩を終える鐘の音が聞こえてくる。

「休憩時間に邪魔をしてすまなかった。いや、実に有意義な話を聞かせてもらったよ」

リルファーデ子爵令嬢が慌ててまた礼を執った。

「い、いえ、こちらこそ熱く語ってしまい、お恥ずかしい限りでございますっ」

「恥ずかしいことなど何もない。楽しい時間を過ごさせてもらったよ。ありがとう」

「えっ？」

彼女が驚いた顔をする。

「周りが同じ意見ばかりだと面白くない。君の意見はとても愉快で、それに色々と参考になった」

ケーニッヒの言葉に彼女は不思議そうな顔をした。

「ええっと、殿下のお役に立てたのならば幸いです……?」

きっと、彼女ならばアルフリードを拒絶することはないだろう。

それどころか呪いを聞いて今のように言ってくれるかもしれない。

……そうであれば良い。

アルフリードは呪いを悪と捉えているが、リルファーデ子爵令嬢のように、ドラゴンを恐怖の対象とは見ない者もきっと他にもいるのだろう。

そう言ってやりたいけれど、アルフリードはケーニッヒの慰めの言葉だと思うに違いない。

それならば実際に本人に言われた方が信じられるはずだ。

「それでは、今後も紫水の区画の清掃を頼んだぞ」

ケーニッヒの言葉に彼女は明るく「はい！」と返事をする。

……アルフリードの望み通り、父上と母上にきちんと話すよう進言しよう。

そう心を固めてケーニッヒは、弟の婚約者と別れたのだった。

◇◇◇

あのお茶会から三週間近く経った。

あれから嫌がらせがなくなり、誰かに変に絡まれることもなく、毎日楽しく過ごしている。

でも今日は、仕事はお休みだ。

王家主催の夜会に出ることになったのだ。

アルフリード様の婚約者となって、やはり、最低限の社交はした方が良いとお義母様達に言われて、せめて王家やリュディガー公爵家の主催するものには出ることにした。

ちなみにアルフリード様も王家主催の夜会には時々参加していたそうだ。

「この夜会には絶対に参加してください。……そこで、何故私の婚約が一度解消されたのか、その理由をお話しします」

と、アルフリード様に言われた。

夜会のためにわたしは朝から公爵家にお邪魔させてもらい、また、つま先から頭の天辺までピカピカに磨き上げられて、綺麗なドレスを着た。

今日のドレスは目の覚めるような青い色だった。

夜会用のものなので、普段の昼間に着るドレスよりも肩周りが開いている。

だが首から胸元にかけてはレースがあしらわれており、肌はあまり出ておらず、一見するとわたしに似合わない大人っぽすぎるドレスだが、フリルやリボンがたっぷり使われていて、わたしが着ても見た目と合わないということもない。

……そういえばドレスは青色が一番多いんだよね。

アルフリード様の瞳の色だから好きだし、別にいいのだけれど、もしアルフリード様が自分の色だからと選んでくれていたなら嬉しいと思う。

　王城へ向かう馬車の中でアルフリード様に問う。

「どうしてこの夜会でのお話となったんですか？」

「私の婚約解消については公爵家だけでなく、その、王家にも関わることですので……」

　とのことだった。

　よく分からないが王家に関わることならば、確かに勝手に話すことは出来ないのだろう。

　…………んん？

「もしかして王族の方々とも会うことになります⁉」

「ええ、そうですね」

　アルフリード様は普通に頷くけれど、子爵家の、それも私みたいな社交界に全く出て来なかった人間が王族に会うなんてほぼないのに。

「あ、いやでも第三王子殿下にこの間お会いしてるし、ディアナ様もだし、そうでもないのかも……？」

　わたしが首を傾げるとアルフリード様が「また会ったのですか？」と問うてくる。

　それに頷き返した。

「はい、休憩時間に少しお話ししました。お優しいですよね。あと、よく笑う方だなあって」

「確かにケーニッヒ様は微笑んでいることが多いですね」

「私、王族の方々というともっと怖いと思っていたので意外でした」

何というか、厳しいというか、威厳があるというか、とにかく第三王子殿下の気さくな感じは想像とは正反対だったので最初は王族だと気付かなかった。

　後になってアルフリード様に教えられて仰天した。心の広い方で良かった。

「国王陛下や王太子殿下はもしかしたらミスティの思う王族に近いかもしれませんが、お二方ともそれほど恐ろしい方ではありませんよ。王族として厳しい判断を下す必要もありますが、普段は穏やかな方々です」

「そうなんですね」

「今回は陛下と王妃様が同席される予定です」

　……でもやっぱり緊張する！

　いくら穏やかな方々と言われても国王陛下と王妃様と会うなんて、これで緊張しない方がおかしいだろう。あわあわするわたしの頭をアルフリード様が撫でた。

「大丈夫ですよ。いつも通りのミスティでいてください。……それに王族の方々もあなたのことは知っております。反対されていれば婚約は出来ませんでした」

　そう言われて、なるほど、と思う。

　アルフリード様の前回の婚約はよく分からないが王家にも関わりのあることで。

　もしかしたら公爵家ともなると婚約するのに王家の承認が前もって必要なのかもしれない。

　そうしてアルフリード様の婚約者になれているということは、公爵家だけでなく、王家にも認められているということになる。

でも王家の方々も同席して話をするって、一体どういう理由なのだろうか。

「……そんなに大きな問題があったんですか？　それ、わたしが聞いてもいいものでしょうか？」

そう訊くと、アルフリード様が一瞬グッと唇を噛んで、少し困ったような顔をする。

「私の婚約者ならば知る必要のあること、ですね」

「じゃあ聞かなくちゃいけませんね」

何にせよ、今日の夜会で王族の方々に会うのは避けられないらしい。

それならば何があっても動じないくらいの心持ちでいよう。

きっと、王家と公爵家に、そしてアルフリード様にとっても重要な話なのだろう。

わたしを見るアルフリード様の表情もどこか強張っていたから。

出来るだけ、わたしは笑顔でアルフリード様の手を取った。


王城の夜会はとても煌びやかなものだった。

公爵家の夜会も綺麗だったけれど、さすが王城と言うべきなのか、会場となる舞踏の間はそれだけでリルファーデ子爵家のタウンハウスが二つ入ってもまだ余りあるくらいだった。

真っ白な壁や天井にクリーム色の床はピカピカでまるで鏡のようで、壁には彫刻だけでなく絵画が飾られ、天井にまで絵が描かれている。

この夜会にはリュディガー公爵夫妻だけでなく、アルフリード様のお兄様ご夫妻も参加されるため、入場時は六人で入ることになって凄く目立った。入場してすぐに公爵夫妻とお兄様ご夫妻は色々な人に囲まれて、わたし達はそれとなくその場を離れた。

わたしとアルフリード様は特に挨拶回りもなく、そして挨拶に訪れる人もいなかった。

訊くと、今日はメルディエル様達も仕事で来られないそうで、アルフリード様曰く「知り合いはほぼいない」らしい。

……アリエラも来てないしなあ。

アリエラはこういう場所があまり好きではない。

おじ様が好きなアリエラだけれど、交際を申し込んでくる相手はどうしても若い人ばかりになるため、こういう場にあまり出ることはなくなった。

何でも「身分が上だと断りにくい」からだそうだ。

壁際に寄ってアルフリード様とお喋りをしつつ、飲み物を少し飲んで過ごす。

……本当は食事もしたいんだけどなあ。

思いきりコルセットを絞られたので身体強化を少しかけているが、やや苦しくて食事をする気にはなれなかった。そのおかげでわたしの腰はかなり細く見える、気がする。

腰の細さは女性の美しさの条件の一つだ。

正直なんだそれと思う。

こんな苦しい思いをして腰を細くしても、毎日こんなものをつけていたら体を悪くしそうだ。

そうこうしているうちに王家の方々が入場してきて、わたし達は礼を執り、王族の方々へのご挨拶に参加することになった。

……まだわたし達はいい方だよね。

公爵家だから早くに挨拶を済ませられる。

挨拶が落ち着いた公爵夫妻とアルフリード様のお兄様ご夫妻と合流して、順番を待ち、王家へのご挨拶に向かう。

「ユースタリア王国の気高き太陽、国王陛下と輝く月、王妃殿下にご挨拶申し上げます」

公爵様の言葉に続いて頭を下げる。

「ああ、リュディガー公爵家の皆もよく来てくれた」

よく響く、落ち着いた男性の声がした。

リュディガー公爵ほど低い声音ではないが、それでも、とても威厳がある。

静かだけれど、ずっしりと感じる声だ。

それから面を上げるように言われて公爵夫妻、アルフリード様のお兄様夫妻、そしてわたし達の順にゆっくりと顔を上げる。

一瞬だけ見た国王陛下と王妃様はどちらも整った顔立ちをしていた。

あまりまじまじと見るのは失礼に当たるため、すぐに視線を落としたが、国王陛下はやや赤みがかった金髪で、王妃様は綺麗な金髪だった。

お義母様から聞いているので驚かなかったが、王妃様はなんと、リュディガー公爵のお姉様らしい。言われてみれば確かに涼しげな目元は似ている気がする。

「それで、そちらが噂のご令嬢か？」

何気なく問われて意識が引き戻される。

「ええ、アルフリードの婚約者のミスタリア＝リルファーデ子爵令嬢です」

公爵の紹介にもう一度礼を執った。

顔を上げれば国王陛下と王妃様と目が合う。

……う、ドキドキする……！

でもそれも一瞬のことだった。

王妃様の瞳を見たらふっと緊張が抜ける。

その青い瞳がお義母様やアルフリード様に似ているような気がして、そう思うと、肩に入っていた力が抜けていった。

……そうだ、アルフリード様も言ってた。

王家の方々に承認してもらえなかったら、わたしはアルフリード様と婚約出来なかったはずだ。

それはつまり、多分だけど、王家の方々はわたしのことを知っているということで。

少なくともアルフリード様の婚約者であることは否定されていないのだ。

「国王陛下と王妃殿下にご挨拶をさせていただき光栄に存じます。リルファーデ子爵家の長女、ミスタリア＝リルファーデと申します」

……良かった、噛まずに言えた！

安堵しているとエスコートのためにアルフリード様の腕に添えた手に、そっとアルフリード様が触れた。それが褒めてくれているようで思わず笑顔になる。

　国王陛下が「ふむ」と頷いた。

「どうやら聞いていた以上に仲が良いようだな」

「わたくし達の若い頃を思い出しますわね」

　国王陛下と王妃様の言葉にわたしは、つい若い頃の陛下と王妃様を思い浮かべた。

　……きっと凄くお似合いだったんだろうなあ。

　歳を取っても国王陛下も王妃様も整った外見をしており、若い頃は、それこそ誰もが振り返る美男美女だっただろう。

　その後はまた公爵夫妻と国王夫妻は話をして、挨拶は終わった。

「……先に抜けましょう」

　ご挨拶の後にホッとしているとアルフリード様にそう囁かれた。

　一気に公爵家と王家が抜けると怪しまれるため、少しずつ下がっていく予定らしい。

　わたし達は特に挨拶をする相手もいないので頷き返して、アルフリード様にエスコートしてもらいながら舞踏の間をこっそりと出た。

　話が通っていたのか舞踏の間を出ると騎士がいて、その騎士に案内されて廊下を歩いて行く。

　しばらく歩いて、ようやく着いた部屋は応接室の一つのようで、少しだけ休めそうだった。

「ああ、すっごく緊張しました！」

　ソファーに座って胸に手を当てていると、アルフリード様がそっと背中をさすってくれた。

「そう怖い方々ではなかったでしょう？」

アルフリード様の言葉に頷いた。

「怖くないですけど、やっぱり王族の方々ってそういう雰囲気というか、威厳？　が凄くあってドキドキしました。ご挨拶の時なんて一瞬心臓が口から飛び出るかと思いましたし……」

そう言うとアルフリード様が和やかに目を細めた。

アルフリード様は公爵家だから王族の方々と関わる機会も結構あるだろうけれど、子爵家のわたしにはそういう機会なんてなかったので緊張しっぱなしである。

「でも、両陛下の優しい眼差しで緊張が少し解けました」

「母は陛下の妹君ですから。お二方からすればミスティは甥の婚約者となります。婚約も了承していただきましたし、今更反対などされませんよ」

……ああ、そっか‼

考えてみればディアナ様は陛下の妹、つまり元王女なのだから、アルフリード様は国王陛下ともそれなりに関わりがあるだろう。

当たり前だが国王陛下とリュディガー公爵も義理の兄弟ということになる。

……おお、なんか、すっごく、凄い‼

そんな家のご子息の婚約者になったのだ。

「なんというか、今、じわじわとアルフリード様と公爵家の皆様との関係を実感してきました」

アルフリード様が小首を傾げた。

子爵令嬢のわたしからしたら王族の方々なんてそれこそ雲の上のような存在で、公爵家というだけでも身分差があるのに、更に王家とも関わりが出来るとは。

「だけど、わたしは王家の方々とはそう関わりはないですよね？」

いきなり『甥っ子の婚約者だから仲良くしましょう』みたいなことはないだろう。

そもそも子爵家出身のわたしが王家の方々と親しくするのは、身分的にもあまりなさそうだ。

「……王族とは関わりたくないですか？」

アルフリード様の問いに考える。

関わりたくないとは違う、と思う。

……どちらかと言うと恐れ多い？

「そういうわけではないですけど、わたしは子爵家ですし、王家の方々と関わるのは少し大変そうだなあと思っただけです。わたし、普通のご令嬢としては至らないところだらけですし」

何故かアルフリード様がホッとした表情を見せた。

「大丈夫ですよ。あなたが婚約するのは公爵家の次男坊ですから。王族ではありません」

アルフリード様がもう一度「大丈夫です」と言う。

それはわたしへ言うというより、なんだか自分自身に言い聞かせているような感じがした。

「……アルフリード様？」

どうしたのか訊こうとしたのだが、タイミング悪く部屋の扉が叩かれて慌てて立ち上がった。

扉が開かれてアルフリード様のお兄様夫妻が入ってくる。

その後、公爵夫妻も来て、全員がどこか緊張した様子だったので結局アルフリード様に訊くことは出来なかった。

……どうしたんだろう？

心配になってそっと手を繋いだものの、アルフリード様の手は氷のように冷たかった。


公爵家の皆様と話していると部屋の扉が叩かれた。

それに室内にいた全員が立ち上がる。

扉が開かれて、国王陛下と王妃様が入ってきた。

全員で礼を執って出迎える。

陛下と王妃様のそばには護衛だろうか、中年ほどの近衛騎士らしき男性が付き従っていた。

近衛騎士が壁際に控え、陛下と王妃様がソファーに腰掛け、わたし達も顔を上げて席に着く。

「この度は時間をお取りいただき、ありがとうございます」

公爵様が浅く頭を下げ、陛下がそれを手で制する。

「良い。そのように堅苦しくするでない。これは公爵家だけでなく我々にも関わること――……いや、我々こそがやるべきことなのだ」

「ええ、そうですわ」

陛下の言葉に王妃様が横で頷いた。

何のことだろうと疑問に感じながらも黙って聞いていると、陛下がこちらを向いた。

「リルファーデ子爵令嬢、まずは申し訳ないがこの書類にサインをしてほしい。これから話す内容を他言しないという誓約書だ」

壁際に控えていた近衛騎士が動いて、わたしに書類が差し出された。

それを手に取り、わたしはサッと中身を読む。

確かに陛下のおっしゃる通り、これから聞く内容を人に教えられないように縛る誓約書だった。

わたしはテーブルの隅に置かれていたペンを取り、それにパパパっとサインをして、近衛騎士に書類を返した。

魔法が発動して一瞬、わたしの体がふわっとした感覚に包まれ、すぐに消えた。

アルフリード様がちょっと驚いた顔をしている。

「そんなにあっさりサインをしてよろしいのですか？」

そうアルフリード様に問われて頷き返す。

「大丈夫です。仕事内容を秘密にするよう誓約もしていますし、それに一つ増えるだけですから」

職場で見聞きしたことは話せないし教えられない。

今更もう一つくらい誓約しても同じようなものだ。

わたしの言葉にアルフリード様がちょっと困ったような顔をして、でもそれ以上はもう何も言わなかった。

陛下が書類を確認して、近衛騎士に返す。

「どこから話すべきか……。そう、リルファーデ子爵令嬢には我が王家の呪い、そしてアルフリード＝リュディガーの出生について、順を追って説明するべきだろう」

そこから陛下は長い話を語ってくれた。

ユースタリア王国の王族には呪いが存在する。

それは、ずっとずっと昔、まだ国が興る前の話だった。

人間と魔獣が争っていた戦乱の時代。

その当時、魔獣達の頂点にはドラゴンがいた。

ドラゴンは多くの魔獣を引き連れて人間の村を襲い、人々を殺し、村を荒らしていく。

このままでは人類は絶えてしまう。

それを防ぐために立ち上がった勇者達がいた。数名の主要な勇者達に、大勢の魔法や剣を使える人々が付き従い、何度も彼らはドラゴン達と戦った。

その戦いは何年も続き、人間も魔獣も疲弊し、それでも互いに刃を収めることはなかった。

諦めた時、自分達の種が途絶えてしまうと分かっていたから。

そして、長く続いた戦争は終わりを告げた。

人間は多くの犠牲を生みながらも、なんとか魔獣を減らし、ドラゴンを討ち倒した。

勇者達の大半も大きな傷を負った。

だが、最後にドラゴンの息の根を止める時、ドラゴンは怒りの咆哮を上げた。

自分を殺す者を呪う、と。誰もがその呪いに躊躇う中、一人の勇者が動き、ドラゴンの息の根を止め、戦争を終わりに導いた。

しかしドラゴンの言ったように呪いは発動した。

最後にドラゴンの息の根を止めた勇者はドラゴンとなってしまった。

けれども彼の精神は幸か不幸か人間のままだった。

他の勇者達は呪いを受けた彼を殺すことはなく、むしろ、自分達が出来なかったことを成した者として讃え、そして彼や勇者達はそれぞれ分かれて国を作り上げた。

ユースタリア王国は、その呪いを受けた勇者が成した国である。

「我が王家は代々その呪いを受け継いでいるのだ」

必ず王家の直系に呪いを持つ者が現れる。

逆を言えば、一人、呪いを持つ者が生まれれば、他の王族達には現れない。

その一人が死ねば、次に生まれてくる直系が呪いを引き継ぐ。

「その呪いも永遠ではない。段々と代を重ねる度に呪いは薄まっていく」

長いユースタリア王国の王家の歴史には、大勢の呪い持ちが存在した。

しかし初代国王以降の数代はともかく、ある時代には呪い持ちが生まれる度に密かに殺し、ある時代には一生を魔封じの塔で過ごさせるなど、色々あったという。

それは、過去の呪い持ちがあまりにも人間と姿が違っていたためだった。

初代はドラゴンになった。

代を重ねる度に薄くなるとは言え、それでも、呪いのかかった姿は人ならざる者に見えた。

そのため、いつしか呪いは王家の秘密となった。

「今はもう、ほとんどの貴族はその事実は知らない」

長い年月の間に歴史の闇に埋もれていった。

だが呪いが消えたわけではない。

「そして、今代の呪い持ちはアルフリードなのだ」

陛下の言葉にパッとアルフリード様を見る。

アルフリード様が僅かに身を引いた。

……え、待って、それってつまり……。

「アルフリード様って王族なんですか⁉」

呪いは直系の王族に現れる。

そして今代の呪い持ちはアルフリード様。

「……ええ、そうです」

「アルフリードは正真正銘、私と王妃の子だ。私達の第四子であり、呪いが現れた故に公爵家に預けることとなった」

アルフリード様だけでなく陛下も頷いた。

……アルフリード様が王族⁉

でも同時に納得する部分もあった。

こうして全員が並ぶと、アルフリード様は陛下と王妃様に似ている気がした。

それからハッとする。

「アルフリード様、死なないですよね⁉」

慌ててアルフリード様の手を掴む。

「え？」

アルフリード様が目を瞬かせた。

「だって『呪い』って‼　寿命が縮むとか病気にかかるとか、そういう良くないことがあるのが呪いですよね⁉」

アルフリード様がわたしより早死にするなんて絶対に嫌だし、弱っていく姿も見たくない。

アルフリード様がそっとわたしの手に触れた。

「そういう類のものではありません。呪いと言っても私の場合、寿命が短くなったり病になるといったものではないのです」

そう言われてホッとする。

「良かった……」

アルフリード様が健康ならそれでいい。

安堵していると陛下が話を続ける。

「何代か前から、呪いの出た者は公爵家に預けるのが習わしとなり、今回もそれに倣い、妹が嫁いだリュディガー公爵家にアルフリードを預けた」

「その後は我が家でアルフリードを育てたんだ」

そこから先は公爵様が話してくれた。

アルフリード様は七歳まで呪いを知らずに育ち、七歳の誕生日を迎えて呪いと出生について明かされると、その後は呪いを抑えるための教育を受けた。

その内容は詳しくは語られなかったが、呪いは気が昂ぶると現れてしまうそうなので、きっと、子供にとってはつらいものだったのだろうということだけは想像が出来た。

感情的なのが当たり前の子供がそれを抑える訓練をする。

簡単な内容ではなかったはずだ。

今のアルフリード様を見れば分かる。

無表情なのも、淡々とした口調も、きっと、その呪いを抑える教育の結果なのだ。

ギュッと繋いだ手を握れば、大丈夫だと言うように優しく握り返される。

……でも完全に感情がないわけじゃない。

わたしが嫌がらせを受けていた時には怒ってくれて、たまに困ったような顔をして、目元を和らげて笑ったり、わたしを好きだと思ってくれたり、お義母様と仲良くしすぎて妬いたり。

感情が表に出にくくなっただけなのだろう。

「その呪いを、今日はミスタリア嬢に見てもらうための場でもある。……アルフリード」

公爵様の言葉にアルフリード様が頷いた。

「ミスティ、全てを受け入れてくれとは言いません。ただ、嫌がらないでくれたらと思います」

アルフリード様がわたしの手を離し、手袋を外しながら立ち上がる。

青い瞳が閉じられた。

それから、アルフリード様の体に変化が訪れた。

白い肌の表面に鱗のようなものが現れて、硬質化し、両手の爪が黒く変化して鋭く尖り、ゆっくりと開かれた青い瞳の中央には黒い瞳孔が縦に裂けていた。

ジッと見下ろされて、わたしは驚いた。

「……やはり、醜いで――……」

「カッコイイ‼」

思わず立ち上がっていた。

「え？」

驚くアルフリード様に抱き着いた。

そうして頬に手を伸ばせば、ヘビやトカゲのようなひんやりした、けれどそれよりもやや硬い感触があった。ぽかんと開いた口には牙もちょっと見える。まじまじと覗き込んだ青い瞳は、間近で目が合うと、瞳孔が少し膨らんでわたしを見る。

……うわあ、青い瞳に黒い瞳孔ってなんかミステリアス！　しかも鱗の感触が気持ちいい！

「アルフリード様、わたし、ヘビとかトカゲとか鱗のある生き物が好きなんです！　鱗の感触、すっごくいいですね！　それにほら、この爪、猛禽類みたいで格好良いですよ‼」

アルフリード様の手を取って自分の手と重ねる。

線の細いアルフリード様は普段は儚げというか、透明感のある美青年なのだけれど、今の呪いの現れたアルフリード様はちょっとダークな雰囲気があって、これはこれでなかなかに格好良い。

「……恐ろしく、ないのですか……？」

アルフリード様の言葉に笑う。

「全然！　だってアルフリード様はアルフリード様ですから。呪いにはビックリしましたけど、アルフリード様の命に関わらないもので良かったです！」

言いながら、第三王子殿下の顔が浮かんだ。どうしてこの国の歴史やドラゴンについての話をしたのか不思議だったけれど、今ならその理由が分かる。

第三王子殿下も知っていたのだ。

知っていて、わたしがドラゴンのことをどう思うのか訊いたんだ。

ああ、でも、良かったと思う。

「アルフリード様は怖くないです」

呪いがアルフリード様の命を奪うものではなくて。この呪いで良かったわけではないけれど、呪いを受けた者の命を奪ったり、不健康にするものでなくて安心した。

「それとも、アルフリード様はこの爪でわたしを傷付けるつもりですか？」

「っ、そんな気は欠片もありません！」

「ですよね」

アルフリード様はわたしを傷付けない。

それどころか守ってくれる。

分かっているから怖くない。

アルフリード様の手をしっかりと握る。

「ですが、この爪があなたを傷付けてしまうことがあるかもしれない。……私がいくら気を付けても呪いが消えるわけじゃない」

それはアルフリード様の本心なのだろう。

俯いた顔に手を添えて、上げさせる。

「アルフリード様、忘れていませんか？」

訊けば、アルフリード様の目が瞬いた。

「わたしは馬車に轢かれても傷一つ負わないくらい頑丈ですよ？」

アルフリード様の瞳孔が縦に縮む。

それが何だか凄く新鮮に感じた。

「アルフリード様、わたしは馬車に轢かれても平気なくらい頑丈で、身体強化すると破壊神みたいになっちゃうような女で、他に魔法は全く使えません。しかも刺繍も楽器も苦手です。見た目はチビだし、胸はないし、多分この先もあんまり成長しないと思います」

既に弟に身長だって抜かれている。

お義母様達のような妖艶な女性でもない。細身だけど背は低いし、子供っぽいし、お淑やかとは言いにくいし、身体強化するとそれこそわたしこそが魔獣じゃないかと思う時もある。

「それでも、婚約者でいてくれますか？」

真っ直ぐにアルフリード様を見る。

青い瞳の瞳孔がキュッと細くなり、少しだけ緩むと、その瞳からぽたりと雫が落ちた。

「私が婚約者でも良いのですか……？」

アルフリード様の問いに苦笑した。

「それはむしろ、わたしの方が訊きたいくらいです。わたしはアルフリード様がいい。アルフリード様だから婚約したし、結婚したいんです」

だから、アルフリード様の告白を受け入れた。

だから、ミスティと呼ぶことを許した。

アルフリード様じゃなきゃ、嫌だ。

アルフリード様の薄い唇が囁くように言う。

「私も……、私も、ミスティがいいです。婚約者はあなたが良くて、私が結婚したいのも、ミスティです。……私もあなたがいい」

それに頷き返す。

「アルフリード様、アルフリード様のその呪い、わたしにとっては個性みたいなものです。その呪いも、アルフリード様の一部だから受け入れたいし、平気だし、格好良いと感じるんです」

もしアルフリード様以外の人だったら、わたしは受け入れられたとしても、ここまで踏み込むことはなかっただろう。

「アルフリード様も、アルフリード様の呪いも全部、愛します!!」

だから怖がらなくても大丈夫。笑顔で言えば、またアルフリード様の瞳から涙がこぼれていって、わたしは慌ててハンカチを押し当てた。

涙を拭いていると、こほん、と咳払いがした。

「予想とは少々違ったが、二人の間にある愛はどうやら真実のもので間違いないようだな」

……あ、他にも人がいるんだった！

アルフリード様も思い出したのか少し顔が赤い。

陛下の言葉に王妃様が目を潤ませている。

「良かったわ……」

「良かったわね、アルフリード……」

そんな呟きが重なった。

見れば王妃様だけでなく、お義母様まで目を潤ませていて、反応がそっくりなのが面白かった。

お義母様と王妃様だけでなく、公爵様も、アルフリード様のお兄様ご夫妻も、陛下も、とても安堵したような表情を浮かべていた。

……ああ、そっか。

アルフリード様がどうして前の婚約者と婚約を解消したのか気付く。

前の婚約者の公爵令嬢はきっと、呪いを受け入れられなかったのだ。

アルフリード様だって、呪いをわたしに伝えることを悩んだだろうし、伝えないという道もあったろう。それでも、こうして誠実に対応してくれた。

真実を教えてくれた。

「アルフリード様」

声をかければアルフリード様に見下ろされる。

「大好きです‼」

青い瞳の黒い瞳孔がキュッと縮まる。

それが分かりやすくて可愛かった。

◇◇◇

「おい、お前ら、そのままじゃ負けるぞ‼」

そんな声に、向かい合っている魔法士と騎士達の表情が引き締まるのが見える。

アルフリード様が小声で「大丈夫ですか？」と訊いてくる。

それに返事をしつつ、向かって来る騎士の剣を弾く。

「大丈夫です！」

あの夜会から一週間が過ぎた。

呪いの件は驚いたけれど、それでアルフリード様との関係が変わることはなかった。

……むしろ前よりも近くなったかも？

アルフリード様の方も呪いについて打ち明けたことで何か吹っ切れたようで、以前よりも少し、感情が出るようになった気がする。

他の人に「アルフリード様、前より明るくなりましたね」と言うと首を傾げられるけれど。

前よりもずっと雰囲気が明るく、柔らかくなった。

「『障壁よ、内と隔てよ！』」

アルフリード様の声がして、わたしに向かってきた魔法を弾く。

「アルフリード様、ありがとうございます！」

キィン、ともう一度騎士の攻撃を受け流す。

アルフリード様の方は紅玉の魔法士と戦っている。

研究専門の紫水に属するアルフリード様だけれど、さすが宮廷魔法士だけあって、戦闘訓練に参加しても全く周りに引けを取らない戦いっぷりだ。

……不思議な感じ！

紅玉の士団長アルドレッド様とアルフリード様のお兄様であるアーノルド様から、魔法士と騎士の共同訓練に参加しないかと声をかけられた。

わたしはそれに一も二もなく頷いた。その時にアルフリード様も横にいて、わたしが出るなら自分も出ると言い出して、こうなったのだ。

三人の魔法士から魔法がわたしへ放たれる。

「『風よ舞い上がれ！』」

アルフリード様の声がして、わたしの体が空へ吹き上げられる。

……騎士服借りてて良かった！

もし制服のままだったらスカートの中が丸見えだ。

舞い上がった空中で一回転して地面へ下りる。

そのまま地を蹴り、三人の魔法士の一人へ目標を定め、大きく跳躍して距離を詰める。

「っ、『炎よ……』」

「はぁっ‼」

相手の詠唱が終わる前に蹴りを入れる。

が、ガツンと何かに阻まれた。

別の魔法士が障壁を張ったようだ。

「こら、そこ、詠唱を中断するな‼」

アルドレッド様の怒声に目標の魔法士がビクッとする。

その気持ちは分かる。アルドレッド様の怒声、声が大きくて、お腹から声を出してる感じで、結構ビリビリ響くのでちょっと怖いのだ。

わたしは自分に向けられなくて良かったと思いつつ、身体強化を足に集中させる。

「すみません、壊しますね」

言って、足を上に上げる。

そして踵を振り下ろして障壁に叩きつけた。

バキィイインと甲高い音がする。

半透明の幕が割れるような景色の中で、魔法士達が酷く驚いた表情をする。

魔法の障壁は確かに強いが、それより強い魔法を当てられれば壊れるように、物理面でも、耐えられる力を超えれば破壊出来る。

足にガンガンに身体強化をかければ何とかなる。

振り下ろした足から全身に身体強化を戻し、地を蹴って魔法士の目の前へ飛び込む。

「一人目！」

言って、拳を握って、打ち込んだ。

それは見事に相手の腹部へめり込む。

魔法士の体が一瞬浮いたので「力を入れすぎたかも？」と思ったけれど、軽く吹っ飛んだその魔法士にすぐに別の魔法士が駆け寄って治癒魔法をかける。

その間に剣を構えて、もう一人の魔法士へ向かう。

障壁は無駄だと思ったのか、火の玉がいくつも飛んでくるが、構わずに突っ込んだ。

……だってわたしにはアルフリード様がいる。

「『障壁よ、内と隔てよ』」

アルフリード様の声がして、笑みが浮かぶ。

目の前で炎が弾かれていくのが痛快だ。

そのまま魔法士に剣を向ける。

「二人目‼」

初めてアルフリード様と一緒に戦ったけれど、驚くほど戦いやすくて、こちらの意図をよく読み取ってくれる。

……本当にわたしとアルフリード様って最強！

こんなに気持ち良く戦えるのは初めてだった。

◇◇◇

ミスティが楽しそうに戦っている。

それを視界の端に収めつつ、こちらも魔法を駆使して、相対している魔法士と戦っていた。

自分の秘密を明かしてから一週間。

不思議なほど心が軽い。

……愛する人に受け入れてもらえることが、こんなにも幸せなことだったなんて知らなかった。

家族や友人に受け入れてもらえることも嬉しいけれど、ミスティが拒絶しなかったことが一番嬉しかった。それどころか彼女は呪いを肯定的に受け止めてくれた。

それすらもアルフリードの一部として愛してくれる。

呪いの現れた手や頬に躊躇いなく触れて、瞳孔の裂けた目を真っ直ぐに見つめて、ミスティは笑った。

あれから、心が軽くなった。これまで呪いについて明かせなかったことがずっと心に重くのしかかっていたが、それがなくなり、心のつかえが取れたようだ。

同時に、ミスティとの距離が近くなった。

物理的な距離ではなく、心理的な距離だ。ミスティを好きだと言いながらも、呪いのことで、どこかで距離を置こうとしていたのかもしれない。

もしも拒絶されたら。

もしも婚約がまた解消されたら。

そんな不安が消えなかった。

だが、そのような不安はもうない。

ミスティは呪いを受け入れてくれた。

格好良いという言葉にどれほど救われたか、きっとミスティは知らないだろう。

この呪いは他人から見れば不幸に見えるけれど、自分にとっては呪いも含めてアルフリード＝リュディガーという人間であった。

自分には七歳まではこれが普通だった。

実母の王妃殿下はアルフリードを憐れがったものの、呪いがあるのが当たり前なのだ。

呪いを抑えるための訓練はつらかった。

けれど、同時に呪いは恩恵を与えてくれた。外見的な欠点はあるが、魔力の質と魔法適性という魔法士としての資質、頑健な体、愛情深い公爵家の家族に友人、そして偏見を持たない婚約者。

呪いがあったからこそのものだった。

背中に温かな感触が触れる。

「楽しいですね、アルフリード様！」

ミスティが背中を預けてくれている。

「ええ、とても」

体温と共に彼女から心底楽しそうな感情が伝わってきて、嬉しくなる。

……ああ、彼女が好きだ。

ミスティに剣を振り下ろそうとした騎士を風魔法で軽く吹き飛ばしながら思う。

背中を、心を、預けられる相手がそばにいることが、何よりも幸せだ。

「アルフリード様、さっきの倍飛ばしてください！」

「分かりました」

◇◇◇

訓練場の一角で派手な戦いが繰り広げられている。

額に手を当てて目元に影を作りながら、魔法士団・紫水の士団長ナサニエル＝メルディエルはその光景を眺めていた。

「あはは～、あの二人凄く元気だね～」

その横では琥珀の士団長が、怪我を負って下がってきた騎士や魔法士達に治癒魔法をかけつつ「少し元気すぎますがね」と苦笑する。

ナサニエルは戦っている自分の補佐官を眺めた。

アルフリード＝リュディガーは優秀な魔法士だ。

本来であれば紅玉に入ってもおかしくないほどの魔力量と魔法の才能を持っているのに、彼は何故か紫水を希望し、ずっとナサニエルの下で働いている。

時折こうして紅玉や騎士達の訓練に参加することはあったが、このように誰かと背中を預け合って戦う姿を見たのは初めてだった。

……ああ、すっごく楽しそう。

今までの訓練では、彼はいつも一人で、その高い魔力量と魔法の才能で誰も寄せつけなかった。いつだって彼は一人だった。長年共に仕事をしているナサニエル達ですら、本当の意味では心を許してくれてはいないのだろう。

それがナサニエルには気にかかっていた。自分でなくとも良いから、誰か、アルフリード＝リュディガーにとって大切な存在が出来たらと思っていた。

淡々として、人付き合いが苦手で、どこか陰のあった彼だったが、リルファーデ子爵令嬢と出会ってから少しずつ変化が訪れた。

その変化がナサニエルには嬉しかった。誰かを気にかけるということは、それだけ、その人物に心を傾けているということでもある。今の彼はまさしくそうであった。

リルファーデ子爵令嬢に心を傾けている。

そしてリルファーデ子爵令嬢も同じか、それ以上にアルフリード＝リュディガーに心を預けているのが見ただけで分かる。

「あの二人がくっついたのはちょっと意外だったけど〜、ああしているとお似合いだね〜」

剣に優れたリルファーデ子爵令嬢と魔法に優れた彼は良きパートナーのようだ。

まだ出会って一年も経っていないというのに、まるで長年共に過ごしてきたかの如く相手の動きが分かっているらしく、なかなかに連携が取れている。

「あーあ、ったく、何でミスリル嬢は清掃員なんかに応募したんだか。せめて紅玉《うち》か騎士に入ればもっと才能を活かせただろうに」

そんなことを紅玉の士団長が言う。

「危険な場所に出る気はなかったんじゃな〜い？　そもそも、うちのところに来たのだって『住み込み食事付きで給金が良いから』って言ってたし〜？」

「まあ、それはそうだけどよ……」

紅玉の士団長の言いたいことは分かる。

あれだけ身体強化で戦える人間はそういない。リルファーデ子爵令嬢から感じる魔力量はなかなか高く、内向者でなければ、もしかしたら宮廷魔法士に入ることが出来たかもしれない。

しかし、内向者故に身体強化以外はほぼ使えないだろう。

使えても自分に治癒魔法がかけられるくらいだ。

「あれだけ強けりゃ、騎士としても結構上に行けると思うんだがなあ」

紅玉の士団長が残念そうに言う。

確かにリルファーデ子爵令嬢は魔法はほぼ使えないが、あの身体強化は反則的に強い。

「身体強化で魔法を弾くなんて、僕、初めて見たよ〜。あれは僕達でも無理だよね〜」

「ああ、障壁がなくても問題ないよな、あれ」

「アルフリード殿は障壁を張っていますけれど」

士団長であるナサニエル達ですら、身体強化を使っても、あそこまで頑丈かつ身体能力を底上げすることは出来ない。

しかし彼女はそれを自由自在に使っている。

魔力内向者だからと言っても才がないわけではない。

むしろ、彼女のあの強さは他の内向者達にとっても良い指針となるかもしれない。

魔法をほぼ使えない内向者はこれまで侮られることが多かったが、彼女のようにきちんと使いこなせれば普通の魔法士と戦っても劣らないと分かれば、同じ内向者達の希望になるだろう。

「アルフリード様！」

「ミスティ！」

二人が背を預け、クルリと半転し、立ち位置を入れ替えて戦っている。

「……氷の貴公子って呼び名はもう似合わないね〜」

無表情なのは変わらないが、最近のアルフリード＝リュディガーは雰囲気が柔らかくなった。

以前のような冷たさは減り、紫水の中でも、リルファーデ子爵令嬢と関わり始めてから彼が話しやすくなったという声も上がっている。

相変わらず、貴族のご令嬢からの熱い視線や想いはバッサリ断っているようだが。

その断る理由は多分、以前とは違うだろう。

「ミスリル嬢と会ってから、あいつ、雰囲気が明るくなったよな」

「もしかしたら釣られてるのかもね～」

一度婚約を解消しているので、今度こそ、彼には幸せになってもらいたいとナサニエルは思う。

「でも相変わらずニコリともしないけどな」

たまには笑えよ、と紅玉が息を吐く。

「あー、あれでも結構笑ってるらしいよ～？」

ナサニエルの言葉に紅玉の士団長が驚いた顔で振り向いた。

「え、お前見たことあるのか？」

「ないけど～、ミスリルちゃん曰く『アルフリード様は目元を和ませるのが笑顔なんです』だって～。ミスリルちゃんが言うにはよく笑ってるらしいよ～」

「それ、笑顔って言えるか？」

紅玉の士団長が微妙な顔をしたが、琥珀の士団長がほっほっと笑う。

「感情表現は人それぞれですよ。彼が笑うことが出来て、分かる人がそばにいるなら、それは彼にとっても幸せなことでしょう」

「そうだね～」

ナサニエルは頷きながら考える。

……いつか、僕もアルフリード君がしっかり笑みを浮かべる姿を見てみたいんだけどね。

でも、戦う二人は本当に楽しそうで、今のままでも良いのかもしれない。

「ミスリルちゃんのおかげで『氷の貴公子』は『笑わない貴公子』に変わったね～」

……ミスリルちゃんには笑顔が分かるらしいが。

「貴公子って言うほど優しくないだろ」

「じゃあ笑わない魔法使い～？」

「『ミスリル令嬢と笑わない魔法使い』ってか？」

くくく、と紅玉の士団長が笑った。

「ふふ、面白い良い組み合わせでしょ～？」

あの二人が出会って良かった。

楽しそうな笑みを浮かべるリルファーデ子爵令嬢と、彼女へ常に気を配っている彼の姿は微笑ましくて。きっとあの二人の未来は明るいものだろう。

「おーい、そろそろ一旦休憩にするぞ‼」

紅玉の士団長の声に騎士や魔法士達がホッとしたような顔をする。

リルファーデ子爵令嬢は少し息を切らせながらも、アルフリードに抱き着いていた。

「アルフリード様の魔法凄いですね！　格好良い！　しかもいつも絶妙なタイミングで欲しい魔

法をくれるのですっごく戦いやすかったです！　アルフリード様凄い‼」

「ありがとうございます」

そんな婚約者を抱き締め返しながら言う彼の声音は少しだけ、嬉しそうな響きがこもっている。

冬が来ても、いつかは春が訪れるように。

人生は不幸ばかりではない。

一つ一つが積み重なって、大きな幸せになる。

「アルフリード様、大好きです！」

「私もミスティが大好きです」

とても幸せそうな二人がそこにいた。

あとがき

ミスリル令嬢では二度目ましてですね、早瀬黒絵です。

二巻もお手に取っていただき、ありがとうございます！

前巻では婚約するまでのミスタリアとアルフリードのお話でしたが、二巻は婚約者となった二人のお話でした。

続きが気になるというお声もありましたので、無事二巻も出せてホッと胸を撫で下ろしております。

今回もミスタリアが明るく元気に逞しく頑張っており、アルフリードとの愛も深まり、お話自体も綺麗に収まりました。

「わたし達の本、二巻目も出ました！」

「……お茶会の話の部分は何度読んでも許せませんね」

「でもお義母様もやり返してくださったので、わたしは気にしていませんよ？」

「それでも私のミスティを傷付けようとしたのは腹立たしいです」

なんて、二人が自分達の本を読みつつ会話していたら可愛いなあと思います。

一巻と二巻を持って喜ぶミスタリアが想像出来ますね。

きっと二人ならば本を大事にしてくれるでしょう（笑）。

表紙、口絵、挿絵とイラストもどれも綺麗で、物語中の二人の様子が目に浮かぶようで、今回もとても素敵な一冊となりました。

最後までミスタリアとアルフリードの物語にお付き合いくださり、お礼申し上げます！

ｗｅｂ版では、この後に少し後日談がありますが、書籍としてはこちらの終わり方が綺麗であったため、後日談は入りませんでした。そちらが気になる方はｗｅｂ版もご覧ください。

いつも支えてくれている家族や友人、出版社様、編集さん、一巻に続き素敵な二人を描いてくださったイラストレーターの先生、ｗｅｂ版などでもご感想や評価をしてくださる読者の皆様、一巻を購入してくださった皆様のおかげで二巻も出すことが出来ました。感謝の気持ちでいっぱいです。

改めて、皆様ありがとうございました！

またどこかで皆様と会えることを願って。

二〇二三年　三月　早瀬黒絵

本書に対するご意見、ご感想をお寄せください。

あて先

〒162-8540 東京都新宿区東五軒町3-28
双葉社　Mノベルスｆ編集部
「早瀬黒絵先生」係／「汐谷しの先生」係
もしくは monster@futabasha.co.jp まで

Mfノベルス

ミスリル令《れい》嬢《じよう》と笑《わら》わない魔《ま》法《ほう》使《つか》い②

2023年３月13日　第１刷発行

著　者　早《はや》瀬《せ》黒《くろ》絵《え》

発行者　島野浩二

発行所　株式会社双葉社
〒162-8540　東京都新宿区東五軒町３番28号
［電話］03-5261-4818（営業）　03-5261-4851（編集）
http://www.futabasha.co.jp/（双葉社の書籍・コミック・ムックが買えます）

印刷・製本所　三晃印刷株式会社

［電話］03-5261-4822（製作部）
ISBN 978-4-575-24612-4 C0093　

Mノベルス

発行・株式会社　双葉社